给 青 年 作 家 的 信

LETTERS 科伦·麦凯恩 著

to 陶立夏 译

A YOUNG WRITER

COLUM McCANN

人民文学出版社
PEOPLE'S LITERATURE PUBLISHING HOUSE

著作权合同登记号　图字 01-2018-0841

LETTERS TO A YOUNG WRITER
Copyright©2017, Colum McCann
All rights reserved

图书在版编目（CIP）数据

给青年作家的信／（爱尔兰）科伦·麦凯恩著；陶立夏译. —北京：人民文学出版社，2017
（科伦·麦凯恩作品系列）
ISBN 978-7-02-013221-8

Ⅰ．①给… Ⅱ．①科…②陶… Ⅲ．①文学创作-文集　Ⅳ．① I04-53

中国版本图书馆 CIP 数据核字（2017）第 203788 号

责任编辑	甘　慧　潘爱娟
装帧设计	周安迪

出版发行	人民文学出版社
社　　址	北京市朝内大街 166 号
邮　　编	100705
网　　址	http://www.rw-cn.com
印　　刷	上海盛通时代印刷有限公司
经　　销	全国新华书店等
字　　数	45 千字
开　　本	787x1092 毫米　1/32
印　　张	5
版　　次	2018 年 8 月北京第 1 版
印　　次	2018 年 8 月第 1 次印刷
书　　号	978-7-02-013221-8
定　　价	48.00 元

如有印装质量问题，请与本社图书销售中心调换。
电话：010-65233595

目录

序	v
给青年作家的信	1
没有规则	5
你的第一句	7
别写你知道的事	9
空白稿纸的恐怖	11
无乐音则无灵感	15
意识的英雄	17
来自尘埃	19
塑造真实	23
携带笔记本	27
成为一台摄影机	29
这事甭提啦：创作对话	31
大声朗读	35
人物、故事、地点、时间、方式和原因	37
寻找结构	41
重要的事：语言和情节	47

标点符号	51
调查研究	55
请除去你句子上的锈迹	59
不断期待的习惯	63
不存在文学奥运会	65
年轻作家的年纪该多大？	69
别做混蛋	71
还要再说一句，也别太友善	75
失败。失败。失败。	77
阅读	79
写作是娱乐	85
休息一下	87
谁是你的理想读者？	89
如何找到一位经纪人	91
没有经纪人怎么办？	95
找到合适的编辑	97
以(你的)全新眼光审视你的故事	99
全部丢弃	101
给读者的智慧以用武之地	103
成功	105
如果你写完了，你只不过刚开始	107
推荐语	111
秘密审讯	115
我该在哪里写作？	117
要不要去上创意写作硕士班？	121

我在写作时应该阅读吗？	125
砸碎镜子	129
脑海里的黑犬	133
为自己写张信条	135
公交车理论	137
为什么要讲故事	139
接纳批评	141
在结束时精疲力竭	143
书的最后一行	145
再致年轻作家	147

INTRODUCTION

序
难以言说的欢乐

"没有人能给你出主意，没有人，能够帮助你。"一个多世纪以前，里尔克在《给青年诗人的信》中写道，"唯一的方法：请你走向内心。"[1]

当然，里尔克是正确的——除了你自己无人能帮忙。到最终，一切都是落在纸上的笔画，更不用提这之后的一撇，以及再后面的那一捺。但里尔克被青年作家的请求打动，他在六年的时间跨度中给弗兰斯·克萨危尔·卡卜斯[2]回了十封信。里尔克的信是关于信仰、爱情、女权、性、艺术、孤独和耐心等方面的建议，但同样也涉及诗人生涯，以及这些存在或将如何影响落在纸上的文字。

"这是最重要的，"他说，"在你夜深最寂静的时刻问问自己：我必须写吗？"

每一个感受过写作的必然的冲动的人都懂得这寂静的时刻。在我的写作和教学生涯中，我曾遇见过很多这

[1] 本书中引文皆参照冯至的译文。（本书注释除注明外都为译者注。）

[2] 弗兰斯·克萨危尔·卡卜斯（Franz Xaver Kappus, 1883—1966），奥地利军官、诗人，他在维也纳新城路军学院时因校内牧师荷拉捷克对里尔克的介绍而开始给里尔克写信。

v

样的人——也确实有过很多这样的时刻。每年我都以一句声明开始我在亨特学院[3]开设的创意写作课程的第一课：我将完全无法教授这些学生任何东西。这句话让十二位决心投身写作这门狡猾而沉闷的艺术的年轻男女略感震惊。他们是美国年轻作家中最聪颖的十二人：六个大学一年级，六个大学二年级，从几百个申请者中被选拔出来。每个学期，我的这句开场白并没有打击士气的意思，我的希望，恰恰相反。我什么都无法教授。现在你们已知晓此事，去学习吧。最后，我把他们带往火焰的方向，在那里他们会意识到自己将在何处被灼伤——几乎可以肯定，他们必定会被灼伤。但这段旅程同时也怀着期望，期望他们学会握拢，并传递这火光。

年轻作家们的最佳位置之一就是面对燃烧的高墙，仅凭耐力、热望和毅力这些高贵品格翻越到另一边。为破坏这面墙，他们有的挖掘隧道，有的攀爬，有的推铲。不是经由我的帮助，而是以里尔克的方式[4]，通过正确的方式走向自己的内心。如今我已度过了二十年最美好的授课时光，那是很多的粉笔板书和很多的红笔批改。并不是每时每刻我都喜欢，但我钟爱绝大部分的时光，假如以全

[3] 亨特学院（Hunter College），隶属于纽约城市大学，建立于1870年，艺术为该学院优势专业。

[4] 原文为法文：à la Rilke，是à la mode de Rilke 的缩略语，意为"以里尔克的方式"。

INTRODUCTION

世界做交换我也不会放弃这段经历。我的一位学生得了国家图书奖，另一位得了布克奖。还有古根海姆奖、小推车奖。师生情谊。友谊。但让我们开诚布公，这些关系里也曾有过灼伤。有过悲伤的泪水和咬牙切齿的恨。有过拂袖而去。崩溃。遗憾。

事情的真相是，我的存在不过是充当背景板。付出练习与时间并不一定给予人资历。一个学生或许——从最开始就——比我懂得更多。不过，唯一的指望还是，我能在两个学期的课程道出一二，让他们可以节约一些时间，并免去若干心碎。

所有这些学生，无一例外都在期望着，用里尔克的话形容就是"去说那难以言说的欢乐"。确实难以言说。那是他们的工作。对磨砺保持信任。明白付出时间与耐心才能成功的坚韧。

不久前 StoryPrize.org 网站要求我写一篇关于写作生涯的短文。我把若干想法搗在一起，与少许信条和我能从教学生涯这块毛巾中拧出的所有真知灼见混合。我将其命名为《给青年作家的信》，它就是这本书的开场，其他篇章在一年的时间内相继完成。有时候，它们作为指引存在；其余时候，它们是冲锋的号角。所以，此书不是一本"写作者手册"。我希望，它也并非一阵激昂的演说，而更像是我们漫步公园时的低声细语，这是我在上课之外时常喜欢和学生们做的事。我将其想象成出现在青年写作者耳畔的只字片语，尽管，我推测，它将成为不仅仅是写给我自己，也是写给任何一位写作者的一系列书信。

自然，也有人曾提醒我西里尔·康诺利[5]说过的话："雷诺阿写过多少关于如何绘画的书？"我明白试图去剖析一个本质上神秘的过程是愚蠢之举，但尽管如此，我依旧写了这本书，完全懂得拆开这只魔盒或许会让它的读者遭遇失望的不幸。不过，事实是我真的喜欢看年轻写作者们着手塑造他们世界中的素材。我向我的学生们猛烈施压，有时他们会还以颜色。事实上，我的公开课的教义之一就是在一个学期里，鲜血终将无可避免地渗出教室大门，同样无可避免的是，其中一些会是我的血。

我承认，在撰写这些话的时候，我曾遭遇了悲惨的挫败——正如你接下来会看到的，这有点像反手抽了自己一记耳光。我对挫败觊觎已久。我在这里如愿了。这些建议没有一条是我自己想要获得的。我将它表达出来，并带着谦恭的姿态和强烈的愿望，希望自己能远离它。

[5] 西里尔·康诺利（Cyril Connolly, 1903—1974），英国著名文学批评家、作家，担任过文学杂志《地平线》的编辑。并著有《诺言的敌人》(*Enimies of Promise*)，在这本融合文学评论和自传的书中，西里尔剖析了自己无法成为作家的缘由。

INTRODUCTION

一点前车之鉴。曾经，在写一部叫《舞者》的小说时——它是以鲁道夫·纽伦耶夫生平改编的作品——我把初稿发给了心目中的英雄，我曾想把这位作家写的每一个字都占为己有。他是个非常非常好的人，回复了我六页手写的批注。事实上我听取了他的每一条建议，但有一条令我坐立不安。他说我应该删去开篇以"四个冬天"开始的战争独白。我为这部分文字倾注了近六个月的时间，而且它是全书我最钟爱的章节。他反对保留它的论据很充分，但我依旧十分沮丧。一连几天我四处奔走，脑海中响着他的声音：删掉，删掉，删掉。我怎能违背世界上最伟大的作家之一给的建议？

最终我没有听取他的劝告。我走向内心，聆听自己的声音。当书出版的时候，他写信来说我做了正确的选择，他谦卑地承认自己的错误。这是我收到过的最美丽的书信。约翰·伯格[6]。我写出他的名字，因为他是我的导师，不是字面意义上的而是文本构造上的导师，他也是朋友一样的存在。我还曾师从其他几位老师：吉姆·凯尔斯，帕特·奥康纳，杰拉德·凯利兄弟，我的父亲西恩·麦凯恩，本尼迪克·科尔里，吉姆·哈里森，弗兰克·麦克考特，艾德娜·奥布莱恩，彼

[6] 约翰·伯格（John Berger, 1926—2017），英国著名艺术批评家、作家、诗人和画家。他的小说《G》曾于1972年获得布克奖，他的艺术评论集《观看之道》是艺术评论经典之作，作为大学教材广为流传。

得·凯利；事实上还有我曾阅读过的每一位作家。我还同样受恩惠于丹娜·扎帕尼克，辛迪·吴，艾利丝·麦克斯维尔，还有我的儿子约翰·迈克尔也对这本书提供了帮助。我们拥有的声音并不只是一个声音。我们从许多个别处获得我们的声音。它们就是火花。

我希望这本书会让年轻作家——或是年长的作家，就写作而言——有所收获，如果他们碰巧在期待一位导师出现的话。最终，除了让你看见火光，这位导师其实无法教授任何事。

LETTER TO A YOUNG WRITER

给青年作家的信

我将我的人生,活在不断向世界万物扩展的圆内。

——莱内·玛利亚·里尔克

做无法估算推断的事。保持热切。保持诚挚。颠覆安逸。大声诵读。涉身险境。不要害怕情感充沛,即使他人称其为多愁善感。做好被撕成碎片的准备:这事时有发生。允许自己愤怒。失败。短暂停顿。接受退稿。因崩溃而亢奋。学会重振旗鼓。心怀疑虑。承担自身在这世间的命运。找到你信任的读者。他们一定对你回以同样的信任。做一个学生而不是老师,即便在你教书的时候。别拿废话糊弄自己。假如你相信正面的书评,就必须相信那些负面的。不过,仍旧不要击垮自己。不要允许你的心肠变硬。勇敢面对:那些悲观多疑的人比我们更会熬毒鸡汤。振作起来:他们永远都无法把故事写完。享受困境的快乐。接纳神秘的未知。在局部里发现普遍性。将信仰寄托于语言——人物将追随其后,至于情节，最终也同样显现。给自己更多压力前行。不要裹足不前。那样或许能保住性命，但绝不利于写作。永不满足。自我超越。对美好事物之中不息的力量怀有信念。我们从他者的发声中找到自己的声音。兼容并蓄地阅读。效仿，临摹，直到它们成为你独有的声音。写你想要了解的那些。但更好的是，试着去写你不了解的那些。最精彩的作品源于你的自我超越。唯有如此它们才能触及你的内在。在空白稿纸前保持镇定。重新赋予那些被他人嘲讽的事物以意义。超越绝望去写作。自现实之中领悟公正。歌唱。视线穿透黑暗。深思熟虑过的悲伤远胜于未加思考的那些。应对给予你太多慰藉的事物心存疑虑。希望、信任以及信念往往令你失望，但又如何？让别人感受到你的怒火。反抗。公开指责。下定决心。拿出勇气。百折不挠。无声的字句和那些喧哗的言语一样重要。信任你的初稿，但也不要遗忘那些修改。让精华物尽其用。承认你的恐惧。准许自己行动。你总有题材可写。角度小并不一定就代表着不普遍。别成为一个爱说教的人——没有什么比解释更能扼杀生命力的了。为想象中的事物来场争论。以质疑为开场。成为一个探索者，而不是游客。去一个无人曾抵达的地方。为修正错误奋不顾身。信赖细节。让你的语言变得独一无二。一个故事远在第一个字被写下之前早已开始,又在最后一个字被写出之后,久久不能终结。让寻常变得精妙恢弘。不要惊慌。揭露尚未存在的真理。与此同时,带来欢娱。满足对严肃与快乐的渴望。扩张你的鼻孔。让语言充盈你的肺。你有太多东西可以被剥夺——甚至你的生命——但不能夺走你为这一生写的那些故事。是以,有一个字要送给青年作家,其中不缺少爱也不缺乏尊重,这个字是:写。

> *There are no rules. Or there are any rules, they are only there to be broken. Embrace these contradictions. You must be prepared to hold two or more opposing ideas in the palms of your hands at the exact same time.*

THERE ARE NO RULES

没有规则

写小说有三条规则。

不幸的是,没有人知道是什么。

——W.萨默塞特·毛姆

没有规则。如果有,它们也只是为了被打破而存在。敞开怀抱接纳那些矛盾。你必须准备好在同一时间掌握两个或更多互相违背的理念。

去它的语法,但你首先得知晓语法。去它的形式,但你得明白讲求形式意味着什么。去它的情节,但你最好在某个阶段让某些事发生。去它的结构,但你必须先从头到尾彻底思考过作品的走向,即使闭上眼睛行走其间也安全无虞。伟大的作家故意打破规则。他们这样做是为了重塑语言。他们以从未有人用过的方式使用语言。随即他们不再使用这种方式,而且从此永不使用,一次又一次地打破他们自己的规则。

所以要勇于打破——或者是甚至去制定——规则。

> *Open elegantly. Open fiercely. Open delicately. Open with surprise. Open with everything at stake. This, of course, is a bit like being told to walk a tightrope. Go ahead, then, walk the tightrope! Relax yourself into the tension of the wire. The first line, like the first step, is only the first of many, yet it sets the shape of what is to come.*

YOUR FIRST LINE

你的第一句

每部小说的第一句都应该这样写:
"相信我,虽需要时间体会但这里存在着秩序,十分微弱,充满人性。"

——迈克尔·翁达杰

第一句话应当将你的胸腔敞开,探入你的胸口将你的心脏扯向深处。它应当让这个世界自此再不相同。

开场应当火力全开。应当让你的读者迅速沉浸到迫切、有趣且信息丰富的情境中。它应当将你的故事、诗歌和剧本向前推进。它应当在你的读者耳边低语着一切即将改变。

随后的太多事都将根据开场暗示的基调发展,向我们保证这一切并非一成不变。给我们一些确凿牢固的依靠。让我们知道将去往何处。但也不用紧张。不要将所有一切都塞进第一页。达成一种平衡。让故事展开。将它想象成门口。一旦你让读者们跨过门槛,就能带着他们参观房子其余的部分。同时，如果第一次没有成功也不要惊慌。通常要在初稿写到一半时才会找到开场的那句话。你写到第157页然后突然意识到，啊，这是我本该开场的地方。

于是你回过头去重新开始。

优雅地开场。猛烈地开场。微妙地开场。带着惊喜开场。让一切千钧一发地开场。诚然，这事略像被指点怎样走钢丝。向前走，然后，踏上钢丝！放松，让自己与紧绷的钢索合二为一。第一句话就像踏出的第一步，只是有很多步要走的路中的第一步，但它会为即将到来的一切确定方向。

试着走到离地一英尺的高度，然后是两英尺，三英尺。最终你或许将走在离地四分之一英里的半空。

随后，你或许会失足坠落。不要紧。毕竟，这是想象。你不会因尝试而丧命。

至少目前还不会。

DON'T WRITE WHAT YOU KNOW

别写你知道的事

难以实行的事才是我的全部兴趣所在。

——内森·英格兰德

不要写你知道的事,往你想要知道的方向写。

走出你的躯壳。让自己担些风险,这会让你的世界开阔。去其他地方。越过你的窗帘、穿过墙壁,越过街角,越过你的小镇,越过你已熟知的国家的边境线,去探究一切。

作家是探险家。他(她)知道自己想要抵达某地,但不知道这个地方是否已经存在。它仍在等待着被创造。一座想象中的加拉帕戈斯群岛。关于我们是谁的全新理论。

不要枯坐着内省,这很无趣。最终你的肚子里装的只有千头万绪。年轻的写作者们,你们必须驱使自己走出去。揣摩他人,揣摩他方,揣摩一段距离,最终,它将带你回归。

扩展你的世界的唯一真实的方法,是置身于自我之外的另一个"他者"之中。对此有个简单的说法:移情。不要被他们愚弄。移情是暴力的。移情是粗暴的。移情能将你开膛破肚。一旦你达到那个境界,你将被改变。做好准备:他们会给你贴上多愁善感的标签。但真相是,悲观多疑的人才是多愁善感的。他们活在那片用他们狭隘的怀旧情绪编织的云雾中。他们毫无胆识。他们裹足不前。他们只有一个意念而它从不闪现其他火花。记住,这世界太丰盛,无法被一个故事容纳。我们在他人的身上找到不断变化的自己。

所以,那些悲观多疑的人就随他们去吧。从他们中出离。步入别处。相信你的故事比你自身更宏大。

当然,到最后,你一年级时的老师的话还是对的:确实,我们只能写我们知道的东西。从逻辑与哲学上来说别无他法。但我们朝着我们本以为不知道的方向去写,就会发现我们早已知晓却尚未全然意识到的存在。我们把一把猎枪猛然甩进我们的意识中。我们将不再受困于一成不变的招式:我,我,我。

就像冯内古特说的,我们应该不断跳下悬崖,在坠落的过程中强硬我们的翅膀。

THE TERROR OF THE WHITE PAGE

空白稿纸的恐怖

矢志不渝带来的快乐。坚持不懈、坚韧不拔带来的快乐。责任的快乐,依赖的快乐。寻常生活中专注带来的快乐。

——麦琪·尼尔森

别让空白稿纸的恐怖收缩你的思想。使用自己遭遇创作瓶颈这种借口委实太轻易。你必须亲自面对创作。你必须坐在椅子上与空白抗争。不要离开你的书桌。不要离弃你的房间。不要跑去支付账单。不要洗碗。不要浏览体育新闻。不要打开邮件。不要以任何方式分散自己的注意力直到你觉得自己已抗争过也尝试过。

你必须投入时间。如果你不在场,文字就不会出现。就这么简单。

作家不是那种走火入魔般想着写作、谈论写作、计划写作、剖析写作、要颠覆写作的人:作家是在他最不想写时依旧一屁股坐进椅子里写的人。

顺利的写作过程将会让你丧失日常生活的乐趣。极少有人谈论此事,但作家必须拥有世界级运动员的耐力。久坐一处带来的精疲力竭。那些错误。那些检索。脑力上的剥削。一次次将水桶沉到近乎枯竭的井里。在页面上四处移动一个字。再把它挪回原处。质询它。怀疑它。将其设置成粗体观察它。设置成斜体观察它。放大字体看看。改变拼写。再用另外一种口音读它。一次又一次把它挪来挪去。单倍行距,双倍行距,调整左右对齐,再换回单倍行距。试探它。思考弃它不顾的最佳方式。

当时间嘀嗒流逝,你咬牙坚持。不向消极投降。怒斥诱人的失败主义。不仅要明白字句在支持什么,也要明白字句在反对什么。当你冲拳把自己打倒在地时,爬起来。拍掉身上的灰尘。重新调整你的护齿。把你在前几天工作中获得的成绩延续下去。

不要太担心你的字数。删减才是更重要的。你必须坐在那里削尖红铅笔或者按下删除键或者将稿纸扔进火中。往往,你删的字数越多越好。在收获颇丰的一天你写下的字也许比你昨天写下的文章少一百字。即使一个字没写出来也要好过没在稿纸上花费时间。

坚守你的坚持。文字会到来。它们或许不会像燃烧的荆棘[1]或神圣的光柱般降临,但也无所谓。再次抗争,一次又一次抗争。如果你抗争得足够长久,确切的文字就会到来,如果没有,起码你努力过。

    就把你的屁股放进椅子里吧。屁股放在椅子里。

    埋头凝视空白的稿纸。

---

[1] 燃烧的荆棘:典故出自《圣经·出埃及记》,先知摩西在等待40年后,上帝终于在西奈山的火烧荆棘中向他现形。

LETTERS TO A YOUNG WRITER

NO IDEAS WITHOUT MUSIC

无乐音则无灵感

> 所见与所知之间的关联从不确切。每个夜晚我们都看到太阳落下，我们知道地球正转离太阳。然而这一认知和相关解释，从未与这景象匹配。
>
> ——约翰·伯格

它被嘲讽为最无意义的问题，但所有人依旧会问：我们的想法，它们来自何处？你知道吗，大多数时候写作者其实也不知道答案。它们就在那里。它们不请自来。那些猛然攥住你想象力的东西会触动你并开始挤压你直到你感觉到一阵绞痛。这阵绞痛被称为执念。

这是写作者做的事：我们向着我们的执念书写。你只有找到与之抗衡的语句之后才能让执念消失。这是你让自己自由的唯一途径。

窍门在于，你必须向世界敞开自我。你必须聆听。你还必须观察。你必须对灵感保持敏锐。大概的想法可能来自报纸，或许来自在地铁上无意听到的一句对话，它或许是一个端坐在阁楼上的故事。它可能来自一张照片，或另一本书，它可能毫无缘由地与你擦身而过但你依旧能将它辨认出来。它甚至可能是面对一个更大议题的笼统的渴望——环境的严重破坏，喷气客机坠入建筑物的根本原因，无休无止地在你眼前播放的糟糕的竞选短片。无所谓。故事之间不分高下。你只需知道它对这世界来说是前所未有的，而且你必须着手审视它。

不过，要小心。观点本身或许不错，它们可能成为很好的政治议题，但它们未必能成为好的文学题材。首先你必须找到人性的乐音。这是超越总体概念的存在。是构成理论的最基本元素。是内在的优美音符。

从微小的细节着手，逐渐向你的执念靠近。你的存在不是为了代表那些文化现象或是宏伟的哲学理论。你不是为人发声，而是与人说话。你的存在是为了撕碎既定的世界并创造出一个新的世界。通常情况下，一个写作者往往在作品完成很久之后才明了写作的真正缘由。当她将作品交给他人的时候，作品的意图才变得明确。

并不知道你的故事的确切走向是件好事。这或许会让你抓狂一阵子，但还有比疯狂更糟糕的事，比如说：死寂。

A HERO OF CONSCIOUSNESS

意识的英雄

因为觉醒、成为作家这件事,归根结底是问你自己:我愿意活得多敏锐?

——安妮·拉莫特

优秀文学作品的关键是让新意经久不衰。你在创造另一种时间刻度。你把从未存在过的东西塑造得栩栩如生。你不只是钟表匠,而是钟表匠所造计时器的衡量标准。你为过去、现在、将来赋形。这是非比寻常的职责。敬畏它。

带领你的读者走进故事。相信我,你说道,这或许是一段漫长的旅程,陌生的旅程,艰难的旅程,痛苦的旅程,但最终它将是值得的。在恰当的时刻你能创造奇迹。

找到故事的那个"时刻"——或只是某个场景中的"时刻"——会是写作过程中让你茅塞顿开的伟大进展。你意识到这个时刻意味着:这是一切事物的转折点,不仅对你塑造的人物而言如此，对你自己也是入册。你在接近关键的核心。故事的支点。症结。如果你错过了它，其余一切都将坍塌。

你的职责是让读者看见、听到。通过让他置身这一时刻能达到目的。使用正确的字词，你会在丰富的想象和形式之间找到平衡。你要把这一时刻从静默之中很不情愿地扯出来。你的想象力塑造着真实。这就像你在层层剥去时间的外衣。你获得了全新的疆域。你成为意识的英雄。

年轻作家们，这倒是也不错——成为意识的英雄——但要明白这会令你费尽周折并经历痛苦。你会撕扯自己的头发。你会咬紧牙关。你会一遍又一遍地冲刷自己的心。你会觉得自己在为一场或许永不到来的演出进行无尽的排练。

有一天你可能会发现自己憎恨写作，原因正是因为你想要写好。这讨厌的真相不过是快乐的另一种形式。引以为常就好。太阳也会为了升起而降落。

OUT FROM THE DUST

来自尘埃

之后写作变得如此顺畅,有时我觉得自己是纯为享受讲故事的愉悦而写作,这可能是肉身最接近悬浮的状态。

——加西亚·马尔克斯

虚构类写作的最强烈的快乐之一是发掘你笔下人物的真实性格。很少有什么事比从你想象力的尘埃中创造出某个人更为美妙。但从无到有创作出一个角色并不像洗劫最近那家"小说超市"的低层货架那么简单。你的人物必须是精妙的,复杂的,而且是不完美的。他们必须站出来承担现实的重量。他们必须是能让人心碎的血肉之躯。

我们倾向于思考和分析那些宽泛笼统的性格特征(诚实、敏锐、正直,等等),但为了实现精彩叙事的目标,你必须从最精确的细节了解你的人物。忘掉关于主角和反派的喋喋不休的讨论,以及写作课上反复提及的动态人物和静态人物——你必须做的是塑造一个真实的角色。文学中有一句俗话，"性格决定命运"，说的（或许）是一个塑造得很成功的角色会采取和自身的动机一致的行动。所以，人物有助于决定故事的走向。但如果你的人物不是芸芸众生中的一个，那故事就一无是处。我们必须把他们塑造得如此逼真，以使读者永远都无法忘却。

在写作中塑造一个人物就像去见一个你想与之坠入爱河的人。你（暂时）还不在意他／她的生活的真相。不要让我们承载太多的信息。让其随之慢慢渗透。我们被时间里某个时刻打动——那个万物消融、改变或崩塌的独一无二的时刻——而不是被漂亮的简历或个人履历打动。所以，不要笼统地概括。具体到细节。细到颗粒结构。读者必须迅速爱上你的人物（或者很快就非常讨厌）。我们必须在他们身上发生些什么：一些让我们厌倦的心脏猛然苏醒的事。那些事可以极度痛苦、可以非常哀伤、可以欢欣鼓舞：都无所谓——只要让读者为你用语言塑造的躯体、语言背后的人物牵肠挂肚就行。在故事的后来我们可以停驻下来，在更广义的范围了解他们。

有时我们从当下的生活中提炼人物，并在这个稻草人的基础上塑造一个真人。或者，有时候我们选取历史中的知名人物并用全新的方式塑造他们。不管选择哪种方式，我们都有责任将其写得生动真实。我们对自己想象力的亏欠和对历史的亏欠一样多。

或许他们是你编造出来的，但你的虚构人物最终会在世界上变得真实。杰伊·盖茨比是真实的。汤姆·约德[1]是真实的。利奥波德·布鲁姆[2]是真实的。（或者说起码比你尚未遇见的那七十亿地球人要真实。）

> [1] 汤姆·约德（Tom Joad），美国作家约翰·斯坦贝克的名作《愤怒的葡萄》中的主人公。
> [2] 利奥波德·布鲁姆（Leopold Bloom），詹姆斯·乔伊斯的《尤利西斯》中主角，一个犹太裔爱尔兰人。

最后，你或许会像了解你自己一样了解你的人物。不仅知道他们今天早上吃了什么早餐，还知道他们想要吃什么早餐。这一片文字的火腿肉未必会出现在你的故事里，但你依旧需要知晓它。事实上，所有问题的答案都应该就在你的嘴边。你的人物在哪里出生？她最初的记忆是什么？她的笔迹是什么样的？她如何走过交通信号灯？她的食指底端为何会有烫伤的痕迹？他们为何会蹒跚而行？指甲缝里为何会有泥土？臀部的伤疤从何而来？他们会投票给谁？什么是他们偷窃的第一件商品？什么让他们快乐？什么让他们害怕？什么让他们最感愧疚？（要是知道有多少作家从不提关于他们笔下人物的简单问题，你会很惊讶。）

你可以闭上眼睛栖息于人物的体内。她嗓音的声响。她足音的质地。和他们并肩走一段。让他们居住在你嗡嗡作响的脑海中。在脑海中列张单子写下他们是谁／什么，他们来自哪里。外表。肢体语言。独特的癖好。童年。矛盾冲突。欲望。声音。允许你的人物让你感到意外。在他们理应往右的时候，让他们向左。当他们显得太快乐时，打断他们。当他们想要离开你的稿纸时，强迫他们再多停留一句话的时间。让他们变得复杂。让他们产生冲突。让他们说前后不一致的话。这是真实生活的内容。不要太讲逻辑。逻辑会麻痹我们。

最终，如果你不了解你的人物，坐下来给他写封信。第一句话或许这样写：为何我不了解你？回答可能让你吃惊。毕竟，这是你回给自己的信。

这听起来极端吗？就该如此。写作是极端的。它走向所有的极致。

纳博科夫说他书中的人物就像为他的战舰划桨的奴隶——但他是纳博科夫，他可以说这种话。让我带着敬意表示反对。你的人物值得你的重视。值得获取一些尊重。获得一些他们自己的人生。你应该感谢他们带给你惊喜，并按响你灵感的门铃。

SHAPING THE TRUTH

塑造真实

> 面纱戴着任何你能找到的面纱去讲述真实——但还是要讲。并终生屈从于不尽兴的悲伤。
>
> ——扎迪·史密斯

优秀的写作是艺术创造也是如实描述。虚构、非虚构、戏剧和诗歌,甚至新闻写作都是同理。我们不得不接受真实与虚构在同一个地方共存的可能。真实必须被塑造。这需要很多努力才能达成。

有些人似乎认为虚构就是说谎。远非如此。虚构是雕琢真实的艺术。我们经由想象力抵达最深处那些幽暗。

无论华丽还是朴素,最终只有精挑细选的词语才能演绎真实。这个词,或这些词,必须勾勒出我们人生残酷的轮廓,但也必须赋予摧毁这种残酷的意义与信念。只有能够展现出诗意的语言才能与那些错误的存在对立。换句话说,任何不拼尽全力才获得的句子都不行。语言是强大的武器。它必须是复杂的,多层次的,甚至是令人挫败的。它必须被感知。它可以是令人震惊的，或是令人措手不及的。它应该说出我们虽已知晓但尚未明了其意义的事。它应该让我们驻足思考。它应该让我们点头称是。它应该给我们带来静谧。这不是撒谎，这是塑造、锻铸、导引。它必须忠实于你虚构的本意。

究竟什么才是所谓的"真实"呢？或许真实是世人已感受到但尚不知道的存在。你身为写作者的工作就是告诉这个世界一些他们还不知道的事情。这说起来容易，但做起来难，或许不可能做到。

还是要探寻那些并非不言自明的真相。一个作家拥有的自由越多，他就越要成为自己所处环境的批评家。观察你的周围。深度（观察）是从自己家里开始。找到错误的事然后开始写，这样就能通过写作让它消失。即便你是在虚构一个别处，你还是在写与你的家紧邻的事。你不必效忠于政府。无需接受观点。但你确实要忠于那难以捉摸的真相。为什么说难以捉摸？因为一旦你找到它，它很可能已经变成某种新的东西，某种更致命的东西。永远有新的残酷事实需要面对。有新的问题要解决。最终写作什么问题都不能解决。为之开心。但——与此同时——永远不要忘记这很重要。我有没有自相矛盾？很好，我自相矛盾。惠特曼说，我们的个人蕴含众生。乔伊斯说优秀的写作从生活中重新塑造生活。我们又有什么身份和伟人们争论？只要在纸上写下去就行。不要布道。不要说教。不要对流逝的一切喋喋不休地说没有意义的话。只要最投入的勤奋和努力。真正挖掘你自己的世界。能够将自己逼到最黑暗的角落从而发现一些尚未被叙述的事。

是的，我知道这些话说起来容易，要做到很难，但无论如何，你不得不去做。仔细地观察你自己，你的社区，你爱的人。把想法说出来。你需要经由写作避免陷入沉默。这就是真相，或者说我们所能获得的最接近的真相。

最终我们注定会追求甚至是钟爱失望。我们终于明白根本不存在一个绝对的真相。但依旧会让你感兴趣的是，真正的思考与胡思乱想之间的区别，以及诚实正直和智识上的假意逢迎之间的差异。所以，一些事真的发生在你身上并不意味着它会成为一个真实的故事，或是成为一个好故事。仅仅有人说它"真实"发生过并不会让这个故事更胜一筹。有人说这个故事是真的不代表它真的真实。让它变得真实。经由想象让它成为真实的事。接手真实的世界并赋予它层次。只要保持真诚，你最好的作品就会出现。真的。

" *The role of a writer is not to say what we can all say, but what we are unable to say.* "

— ANAÏS NIN

CARRY A NOTEBOOK

携带笔记本

作家的角色不是去说所有我们能说的话,而是说我们无法说的话。

——阿娜伊斯·宁

携带一本笔记。找一本小巧柔软能放进你口袋的,它得足够薄不会增加你的负担。要物尽其用。别整天看着内页,而是一有机会就写。场景,想法,街上听到的只字片语,地址,描述,最终可能会设法变成句子的任何事物。最微小的细节可能会成为通向全新思考方式的关键。这些小火花最后或许会以它们的光芒将整本书照亮。把本子写满。如果可以,为笔记标注日期。请不要弄丢它。在内封上写下你的地址和电话号码。请求找到笔记本的人归还:提供一小笔酬金。但如果你真的弄丢了,不要绝望——美好的景象应该已经在你脑海留下了印记。

> *It is a good trick to assume that you have a number of changeable lenses. Be fish-eye. Be wide-angle. Be telephoto. Zoom in. Zoom out. Distort.*

BE A CAMERA

成为一台摄影机

> 韵律——各种关系间的和谐节奏,是必不可少的美学要素。当艺术家捕捉到一种可遇不可求的韵律时,你会感受到愉悦。你成为美的囚徒。这就是醍醐灌顶的感觉。
>
> ——约瑟夫·坎贝尔

成为一台摄影机。用"语言"为我们构建视觉。让我们身临其境。颜色、声音、图像。让我们感受那个时刻的脉搏。先是全景,然后专注于细节,再赋予这个细节生命。

假设你有几个可变焦镜头是很有用的招数。鱼眼镜头。广角镜头。长焦镜头。放大。缩小。扭曲。锐化。分割。把自己想象成真的相机。找到可以同时用作镜片和快门的字词。这是你的意念之眼。

作家应该具备各种应变能力:即便你强迫自己成为不可变动的叙述者,你还是能四处溜达。我们的意识会玩杂技。尝试各种角度没有坏处。试着用第一人称，第二人称，第三人称。试着用主角的视角，然后试着从旁观者的角度。有时旁观者是让一切都顺理成章的人。玩混搭。福克纳风。德里罗[1]风。从现代走向过去。尝试未来风。寻找节奏。

这种摄影还与呈现方式相关。留意词语如何被呈现在稿纸上。换行断句是至关重要的。段落。间距。破折号。省略号。持续留意那些词语，调试它们，钻研它们。从每一个角度。包罗万象。

最终——如果你持之以恒地充当摄影机和摄像师——你将听到合适的声音，并将看到合适的形式，你会发掘合适的结构，故事将自此展开。于是你会明白，你不仅仅是一系列动态的片段。你已领先机器数个光年。你已进入人类的内心世界。摄影机已消失，你开始真正地看见。

---

[1] 德里罗（Don DeLillo, 1936—），美国著名后现代小说家，代表作有《白噪音》《大都会》《地狱》等。1989年，他以《毛二世》获得福克纳笔会小说奖。

WRITING DIALOGUE

这事甭提啦：创作对话

说出口的句子所表达的意思不过是它的外衣，真正的意思藏在围巾与纽扣底下。

——彼得·凯里[1]

写在纸上的对话从来不是真实的。你可以此刻走出门去，录下在大街上正被讲述的故事然后把它转成文字，尽管如此它可能永远不会显得绝对真实。

一段对话或许不真实，但它必须诚实。而且它必须显得轻松自在。它必须看来仿佛是自然而然地滑向稿纸。一段处理得当的对话将对所有的场景描写有所裨益。

关于对话，有很多的规则或者说建议。别用"嗯"或者"呃"之类的字：它们在纸上不表达什么意思。试着避免用对话传递信息，起码不是大量显而易见的信息。对话被打断是很棒的。试着写三人、四人、五人之

---

[1] 彼得·凯里（Peter Carey, 1943— ），澳大利亚作家，作品有短篇小说集《历史上的胖子》《战争的罪恶》，长篇小说《幸福》《魔术师》《奥斯卡和露辛达》等。曾凭借《奥斯卡和露辛达》和《凯利帮真史》两次获得布克奖。

间的对话。让对话自己成立。使用"他说"和"她说"，但避免复杂难懂的描写。把夸张的喘息、惊呼、反复强调和咆哮都抛到脑后。

让你的对话与环境描写区别开来，不仅仅是节奏上还要从长度上区别开。它将打破平铺直叙的文体。让它成为稿纸上的一次短暂休整，或让它为紧随其后的描写做好开场准备。增加磕绊和从头说起的次数，人物在故事中重复自己的话未必就是坏事。

让每一个人物都独特分明。赋予他们不同的语言特征。并且永远都别忘了，人们会逃避说出自己真正的意图。撒谎者发表长篇大论时会非常有意思。在对话中产生行动。甚少从开头说起：从对话的中途切入。没必要说"嗨"和"你好吗"之类的寒暄。也没有必要写"再见"之类的话。在对话还要很久才结束时就从对话中跳脱出来。

牢记神秘是黏合我们的胶水：我们热爱没听过的事。读者是最能和我们串通一气的偷听者。

即便使用方言，或是土语，或者都柏林语，你也应该意识到句子的终点有读者存在。不要让他们迷惑。不要让他们出戏。一丁点口音就已足够实现北爱尔兰口音的效果。别搞到"澳尔兰"这样夸张的地步。别落入刻板套路。别说"啊,苍天"或是"老天爷"之类的话。不要过分渲染南方口音。这会让所有人都想咆哮。伙计,不要过量使用牙买加口音。不要布鲁克林式的鼻音。

相反,要以最微妙的方式在读者的脑海中唤起一种韵律。这已足够。一点小线索是你需要提供的全部。读者会从这里接手。对话会为自己说话。不要太受制于借鉴真实。

而且,哈利路亚,书面对话不一定要遵循语法规则。想怎样弄乱你的句子都行。你有随心所欲的自由。有另辟蹊径的自由。你能跨越些什么边界呢?为标示出对话,你会用引号吗?会用破折号吗?还是会用斜体?事实是你可以三种都用,甚至在同一部小说或者甚至在同一篇故事中。这是赋予你的句子某种口音的方式。

简略来说,引号是常规用法,破折号是试验性的,斜体略带叩击灵魂的诗意。不用标点符号标注对话在作者来说是绝对大胆的做法,但如果处理得当会很有效果。

研究大师们。罗迪·道伊尔[1]、路易丝·厄德里克[2]、埃尔莫·莱昂纳德[3]和马

---

[1] 罗迪·道伊尔(Roddy Doyle, 1958—),爱尔兰小说家,主要作品有"巴里镇三部曲"(《承诺》《那个喋喋不休的家伙》《货车》)以及剧本《战争》。曾凭《货车》一书获布克奖提名,两年后以《帕迪·克拉克,哈哈哈》正式获布克奖。

[2] 路易丝·厄德里克(Louise Erdrich, 1954—),美国小说家、诗人,代表作《爱之药》。她是美国印第安文艺复兴运动第二次大潮的代表人物,2009年以《鸽灾》获得诺贝尔文学奖提名,曾先后获得小推车奖、欧·亨利短篇小说奖、全国书评人协会奖和司各特·奥台尔历史小说奖等文学奖。

[3] 埃尔莫·伦纳德(Elmore Leonard, 1925—2013),美国著名作家、编剧、制片人,创作了包括《矮子当道》、《战略高手》《决斗尤马镇》《危险关系》等45部著作,曾被美国

推理作家协会（MWA）授予"大师奖"。埃尔默·伦纳德的作品以鲜明的人物和耐人寻味的对话著称。

4 马龙·詹姆斯（Marlon James, 1970— ），牙买加作家，2015年以《七次谋杀的简史》获得布克奖。这部700页的小说中，超过75个风格迥异的人物登场，展现了牙买加式英语的独特魅力。

隆·詹姆斯[4]。永远牢记，相比我们说出来的话，那些没有说的话如果不是更为重要，起码也同样重要。所以也要琢磨沉默，并让它们在稿纸上发挥作用。你很快就会发现沉默其实有多么响亮。未被说出的一切将最终都会通向被说出口的那些。

READ ALOUD

大声朗读

对我来说,写作最大的快乐不在于写了什么题材,而是字句谱写出的乐感。

——杜鲁门·卡波特

和你写的东西来场对话,大声朗读你的作品。就像在家里四处走走,然后稳步穿越天花板。反正天空会比天花板有趣。所以不要只是轻声细语,大声朗读。冒着丢脸的风险。接受嘲讽。在你的作品上动动嗓子。你的伴侣、室友、朋友和孩子或许会觉得你疯了,但这一点关系都没有——反正头脑清醒是被过誉了。

你需要听清你写出的词句的韵律。反复。叠韵。双声。拟声。这一切的乐感。成为约翰·科特兰[1]。成为托妮·莫里森。成为杰拉尔德·曼利·霍普金斯[2]。找到你

---

[1] 约翰·科特兰(Jone Coltrane 1926—1967),又译约翰·科川,美国爵士乐历史上最杰出的萨克斯管演奏家之一,20世纪60年代对爵士音乐风格有深刻影响。

[2] 杰拉尔德·曼利·霍普金斯(Gerard Manley Hopkins, 1844—1889),英国诗人,毕业于牛津大学,在都柏林大学教授希腊语。被誉为维多利亚时期风格最独特的诗人,他使用的"跳韵"(sprung rhyme)改变了传统英国诗歌的韵律模式,深深影响了许多20世纪英国著名诗人。

语言内在的特质。创造新词。找到无穷尽的爵士乐音。寻觅光影斑驳的开端。

当你大声朗读时,会听见最初的意向。你会知晓乐感在哪里产生,又在哪里隐没。你会发现韵律,或是韵律的缺席。你揭示韵律的存在。同时也发现很多错误。为发现错误而开心。拿起红笔修改。把它们剔除。找到一个或者一组新的词来替代。接着一次又一次大声朗读直到合拍。扮演你一直想成为的演员。找到音乐:说唱乐或黑人爵士或狐步舞,都无所谓。如果需要把你的声音录下来。再听一遍。让你的句子营造一片风景。"快乐"的意向或许需要一个疯狂的不讲语法的长句来蠢兮兮地上气不接下气地无所顾忌无法无天地单纯而又兴高采烈地展开,仿佛有匹马在字词下面疾驰。至于"悲伤",则或许该简洁明了。锋利。阴郁。孤寂。

大声朗读还将带你去往新的地方。突然离开家。走向全新的方向。不要害怕迷路。尽你所能地远游。迎向暮色与暗夜。让它们充满胸腔。这是通往光亮的唯一途径。忧心忡忡,也没关系。黑暗同样需要你去试练。

布莱希特曾问在黑暗年代里会否有歌唱,他又回答说会,会有歌唱黑暗时代的歌声。

那确实是很黑暗的时光:该心怀感恩。歌唱它们。

WHO WHAT WHERE WHEN HOW AND WHY

人物、故事、地点、时间、方式和原因

> 艺术家的目标是以人为的方式捕捉正在发生的事,也就是生活,并将它定格,于是百年后当某个陌生人观看的时候,它又再度获得生命,因为它就是生活。
>
> ——威廉·福克纳

有时候最简单的问题反而是最难的,但人物-故事-地点-时间-方式和原因的构造是写作者点燃大火的燃料。

如果你有一个全知全能或第三人称的叙述者,这相当好,你就是上帝,而上帝差不多做什么都没问题(甚至能去掉首字母的大写形式)。但如果你是用第一人称叙事,你不得不问自己很多重要的问题。

人物 谁在讲述这个故事?这或许是最简单的问题,但需要一段时间才能确定他们真正的性格。你确定一个叙事者然后开始赋予他生命：踏上这段探险的旅程。故事甚至可以有多个第一人称的叙事者，但你必须从里到外参透他们。

故事 发生了什么？这通常被称为情节（稍后我们会谈论更多与这一难题相关的内容），但情节也会将其余所有问题都卷入进来。故事的情节会受到人物、地点和原因的影响。讲述者只能从他的角度讲述事件。他或她或许可靠、或许并不可靠。（事实上，几乎每一位第一人称叙述者从本质上来说都是不可靠的。）故事是人物哼唱时间流逝的方式。

地点 他们在何处讲述这个故事？这是更有难度的命题。你必须想象人物决定在什么地理位置讲述故事。想象房间、城市、乡野、船只，他们在这些地方居住。这是他们选择的故事讲述地点而且它将成为故事讲述方式的关键。甚至墙纸都会影响我们写下的字句。桌子、窗户、病床、牢房、电脑、录音机。永远不要忘记——环境影响语言。它一直是这样并将永远如此。在伯明翰的监狱讲述一个故事和在密西西比河岸边讲故事是很不一样的。在埃克尔斯大街7号讲故事和在苏黎世的妓院讲故事也不可同日而语。所以，谨慎思考你的讲述者是在哪里讲他们的故事。

WHO WHAT WHERE WHEN HOW AND WHY

时间 他们在什么时候讲述故事？这个问题至关重要，而有些最优秀的写作者甚至也可能忘了这一点。从哪一个时间点上某些事被记起？讲述一个昨天发生的故事和讲述一个十年或二十年前的故事是很不一样的。戏剧冲突时刻从本质上改变了。时间改变了我们。你必须知道他们决定从何时开始向故事敞开自己。做出决定后要贯彻始终。时间就是距离，距离就是视角，而视角全部由语言决定。所以知道这前三点后就能让第四阶段成为可能，接下去故事无论在什么时间展开都显得真实。（第一人称的现代时态的叙事实在非常复杂棘手——一个人怎么能在经历故事的同时讲述这个故事呢？）你必须发掘故事的关键时刻。这将是一切事物可仰仗的中枢。何时是这一绝对时刻？何时是这一关键时刻？何时是世界的转折点？何时钟表的指针停止了运动？

方式 故事是如何与过去发生的一切紧密联系？故事如何上演？事情是如何发生的？我们是如何学会记得或是想起飞行中的某个时刻？

最终——这或许是最难以捉摸的问题——你知道了叙事者讲述这个故事的原因。每个人都是出于某个原因才讲述他们的故事。为了治愈，为了谋杀，为了偷窃，为了重塑再造。为了陷入爱河，为了从爱中摆脱。为了毁灭。为了挑逗。即便他讲故事时只为逗我们发笑，讲述者的初衷也不仅仅只是取乐而已。故事有其用意。它们把我们的孩子送上战场。它们打开我们的口袋。它们击碎我们的心脏。

如果你能够探明人物讲述故事的真正意图，你就找到了将故事讲述下去的缘由。当你揭开"原因"的面纱，你会发现语言在你指尖如线头延展。心怀感激。写下去。

SEEKING STRUCTURE

寻找结构

> 一本书不是孤立的存在：它是一种关联，是不计其数的关系的轴心。
>
> ——博尔赫斯

每一部小说作品多少都经过谋篇布局——最优秀的那些小说背后的谋划远比它们表面上看来的更为深刻。我们的故事依赖人类对体系结构的直觉。结构，从本质上说，是内容的容器。你的故事被塑造成何种面貌就是一幢房子从地基开始建造的过程。或者它是一条隧道，一座摩天大楼，一座宫殿，甚至是一辆由你的人物们驾驶前行的移动大篷车。事实上结构可以是任意某样东西：你只需要确保它不会成为地面上错综复杂的洞，不至于让我们把自己埋进去之后再也爬不出来。

有些写作者试图预先设想好结构，然后将故事塑造得与之匹配，但这太容易成为陷阱。你不应该把故事塞进一个事先完成的结构中。这，就像老话说的那样，把六磅屎装进只能装五磅屎的袋子里。

　　故事是灵巧的。它们捉摸不定。它们活跃多变。有时候它们会逃脱掌控。所以，盛载它们的容器应该具有可塑性。当然，你应该有大局观，知晓最终的落点，或至少是关于终点的想象，但你必须同时做好偏移轨道、大幅删减和改变方向的准备。我们并不确切知道该走哪条路的旅程才是最美好的：脑海中有一个目的地，但抵达的方式应该不断变化。有时你不得不放弃整段旅程，沿足迹原路返回，然后走一条不同的路。这多么像寻找一个你想要居住的国家，然后是省份，接着是一块你喜爱的土地。你想在这块土地上建造一座你真正想要居住的房子。在创造这个结构、这座房子的过程中，你必须成为挖掘者、泥瓦匠、木匠、石匠、管道工、粉刷匠、设计师、租户、屋主，是的，你还要成为阁楼上的幽灵。

　　一种妥帖的结构与它想讲述的故事相映成辉。它能在容纳人物的同时推动他们前行。通常它会在不招致太多注意力的情况下最圆满地完成这个任务。结构应该产生自人物和情节，本质上来说源于语言。换句话说，结构永远处于被塑造的过程中。你边写边看到它的样子。一章接着一章。一段叙述接着一段叙述。问你自己觉得可以一口气把故事讲完，还是应该把它分成几部分，或

SEEKING STRUCTURE

者该有多个叙事角度,甚至多个叙事风格。你在黑暗中跌跌撞撞前进,总是尝试新的方式。事实上,有时你要到故事过半才找到结构,甚至要到你接近收尾的时候。没关系。你应坚信它最终会出现而且符合情理。

视觉角度极为重要。你或许希望房子里有间暗房。一座镶板装饰的图书馆。某个特定角色会带你前往。他或她会给予你营造氛围的语言:窗帘、书桌、台灯、木头地板下的暗道。他们住在那里。另一个角色会想要一间温室。另一个角色想要像石头一样静坐在厨房的料理台边。其他人会想要螺旋楼梯,另一些人即使身在煤棚也身心愉悦。

出门看看你的街区正在建造的任何房屋或建筑。看看它们最初是怎样无遮无盖让你震惊。看看人们是多么没可能会在这只由胶合板、钉子和空气组成的大木箱里彼此爱恨纠缠。下周再回来。下下周再回来。原本空无一物的地方如今略有所成。允许你自己为实实在在的改变惊讶。

谈到结构,你常常会惊讶于伟大的作家们在这件事上多么精于计算。不要担心。这道数学题是一个发现的过程。他们不是计划好然后按部就班:他们将在前行过程中找到方向。从这方面来说,他们和建筑师不同——

他们不受那些不可违逆的规律的束缚,他们不受法度的胁迫。数学题也有诗意的解题过程。而诗意,随后又由理性终结。

所以,写写改改,写了又改,再写再改,最终你会开始看见结构的形成。你越勤奋,结构就越清晰。它会呈现出你认可的样子:这种形式从来不能轻易获得。困难有其用意。

现在你有了一座房子——或者说近乎有了——你要拆掉这里的一个房间,在那里加个转台,重新设计通往地下室的楼梯,调整烟囱的位置。最终你将拥有真正想要居住的地方。接着你在这个结构里四处转悠,这里加个走道,那里加道墙,修整一下这道墙边,调整一下那里的物件,重新排列,固定一些难以操控的斜角,放入家具,擦干净窗户上所有的建筑灰尘。

接下来你需要邀请客人来参观你的家。读者不会想要看见地基,或是墙里的线路甚至是施工图纸。那都是——曾是——你的工作。你的秘密。读者应该在房屋中感觉舒适,无论它是宫殿、棚屋还是船坞。

永远不要忘记,即便写作者可以跳跃前行,但读者在你构建的环境中几乎都是笔直前行的。所以要设身处地地为你的访客着想并挑剔地四下观察。是否足够用心?窗户会不会太多了?你是否建造出了无人建造过的东西?

到最后,只有你知道这幢建筑的秘密。结构就是石头下的雕塑。你将它雕刻成形。它最终会想办法走进"好故事博物馆"。从语言着手,随后内容会构成形式。

最后一条提醒:感谢上帝,你不需要永远住在那里。没有人一辈子只待在一个地方。你会不止一次带着锤子和钉子离开建好的房子。

> *Never forget that the reader nearly always moves forward in a more or less straight line through your structure, even if the writer skipped around in its creation.*

LANGUAGE AND PLOT

重要的事：语言和情节

我觉得，情节是好作家最后的手段和蠢材最先的选择。

——斯蒂芬·金

作为老师、编辑、版权代理和读者，我们经常会因为太关注情节而犯下一个错误：它并不是一部文学作品中唯一的要义。情节很重要，当然如此，但它永远臣服于语言。情节在好故事中居于次席，因为发生了什么永远不如如何发生来得有趣。而如何发生取决于语言如何捕捉过程以及我们的想象力如何将语言转化为动作。任何胖子都可以走下楼梯，但只有乔伊斯能让仪表堂堂、结实丰满的勃克·穆利根[1]端着一钵肥皂沫从楼梯上走下来，碗口交叉放着一面镜子和一把剃刀。

所以，年轻的大师，请为我演奏一段音乐。让它以无人曾演奏过的方式响起。让时间停止。庆祝它。推翻它。让时钟慢

[1] 勃克·穆利根（Buck Mulligan），乔伊斯在小说《尤利西斯》中塑造的人物，他的出场方式成为人物描写的典范之一——"体态丰满而有风度的勃克·穆利根从楼梯口出现。他手里托着一钵肥皂沫，上面交叉放了一面镜子和一把剃胡刀。"（萧乾、文杰若译本）。

下来,让每一声滴答、每一秒钟都持续一小时或更久。带上猎枪跳进历史。倒转你的记忆。同时出现在两三个地方。摧毁速度和位置的概念。让任何事都可能发生。让高楼重新出现在遥远的天际线上。让密西西比河再次清澈。

或许在今天、在这个时代,我们对情节有着某种病态的关注。让我们面对这个问题,情节有益于电影,但如果过度考虑情节,它们可能会让写作步履维艰。所以,轻减你臃肿的情节。聆听无声的故事线。任何人都可以讲述一个宏大的故事,但不是所有人都能在你耳边低语美好的故事。在电影的世界里我们需要动机引发行动,在文学中我们需要由矛盾引发行动,话虽如此,但我们也可能需要结果是毫无作为。没有什么比一次摧枯拉朽的毫无作为更加精彩。没有什么比你的人物被生活摧残得寸步难行更有效。

已问世的伟大小说很少有明显的情节。被戴了绿帽子的男人[1]在二十四小时的时间里行走于都柏林。没有枪战,没有不要钱的子弹横飞,没有撞车(尽管有一只饼干罐子飞上了天)。它是庞杂的个人经历的记录。尽管如此,也不能掩盖每一个被讲述的故事都

---

[1] 指乔伊斯小说《尤利西斯》中的主人公利奥波德·布卢姆,匈牙利裔犹太人,为报纸拉广告为生。他的太太玛莉恩是都柏林小有名气的歌手,布卢姆知道她与人偷情,并为之苦恼。

LANGUAGE AND PLOT

或多或少包含情节这个事实（尤其是《尤利西斯》，它可能比任何故事的情节都要多）。

最终，情节必须做的是以某种方式让我们心脏收缩。它必须改变我们。它必须让我们意识到自己还活着。

我们必须重视故事发展中的乐感。一件事引出下一件。人类的心脏在我们面前层层剥开。这，才是情节。任何事都可能发生，即便没有任何事发生。即便什么事都没发生，一分一秒，一字一句，世界依旧改变。或许这才是最震撼人心的情节。

> *We must care about the music of what happens. One thing leads to the next. And the issues of the human heart unfold in front of us. Such, then, is plot.*

PUNCTUATION

标点符号
并非只是随意弃之不顾的存在(逗号)

艺术是美,是对细节永无止尽的创造,是挑剔的遣词造句,是精妙细腻的手法。

——泰奥菲尔·戈蒂耶

告诉你真相不是件可以弃之不顾的事。告诉你,真相不是件可以弃之不顾的事。

标点很重要。事实上,有时候它们决定一句话的生死。连字符、元音符号、句号、冒号、分号、省略号、括号。它们是句子的容器,是你字词的脚手架。一个写作者应该懂语法吗?是的,他应该懂。什么是主语什么是宾语?形容词、代词、还是副词?介词怎么搭配?动词后面跟"得"还是"地"?到处都是陷阱。

不要滥用分号,如果使用正确它就是强有力的逗号。在小说中括号会吸引太多注意力。学着像极为优秀的作家那样在作品中正确使用这种强烈的占有欲。(哎呀。抱歉。）永远不要在句子的结尾用"在"字。（再次抱歉。）避免使用太多的省略号，尤其是在段落的末尾，它们就是有点太戏剧化……（看到了吗？）

语法会随年代变化：只要看看莎士比亚、贝克特或《纽约客》的那些优秀作者就知道了。街头的口语最终会成为学术语言。这是规范和实际应用之间的区别。记住，如果（或者我们是不是该说"当"）你的书出版，文字编辑会修改你的语法错误，或者起码会提出建议。所以你确实拥有勉强算得上的安全网。

诸多的一切，威廉·卡洛斯·威廉姆斯可能会说，全仰仗一辆红色手推车[1]——尤其是当手推车独自孤零零站在句尾的时候。

但还是要说，句子会被过度仔细地检查。好语法会拖累句子——或手推车——的进度。完美的单词排列看来会很呆板。我们时不时地要对连续逗号不加理睬，甚至是用最粗鲁的方式让分词们无依无靠。或许当你能凭直觉区分出它们之间的不同，那知晓主句和从句的区别就没有那么重要。你可能会质疑首字母大写，句子里使用velcro（维可牢尼龙搭扣）要比用Velcro更美观，或是Hoover（胡佛电动吸尘器）比hoover要来得好看。有时我们写下一句话，其实它并

---

[1] 威廉·卡洛斯·威廉姆斯（William Carlos Williams 1883—1963），美国著名诗人，他的诗紧密连接了象征派和意象派，其最具代表性的诗作《红色手推车》由16个单词组成，没有标点。

不准确，但却悦耳。问题在于：你想成为鸟类学家还是鸟呢？

写作者能感受语法，而不是了解它。这来自优质的阅读。如果你读得足够多，语法自然就有了。最终，语言本身——它闪烁的光华——比想要对它指手画脚的语法警察要重要得多。

对。

> *Art is a way of coping with the world by bringing it under the microscope of detail. Small intentions reveal the life of the large intentions. Most of us live in a small world anyway. And the tinier the particle, the more mysterious it is.*

GOOGLE ISN'T DEEP ENOUGH

调查研究
谷歌尚不够深入

有已知的事也有未知的事,中间隔着感知的门。

——赫胥黎

资料研究是所有优秀写作的基石,甚至包括诗歌。我们必须知晓自身所处的、已知世界之外的世界。我们必须能够跃入自己无法即刻抵达的生活、时代和地理方位。我们时常想要在写作中超越性别、种族和时间的限制。这需要深入的研究。

我们必须向着被认为是未知的事物大踏步前进。我们必须准许自己拥有不止一种口吻。我们必须做得真诚而恰当。但我们怎么描写那些起码表面上看来和自己的生活截然不同的生活呢?我们怎样塑造虽是想象但也是真实的经历呢?我们如何走出自我?

一些答案取决于得当、深入、确切的调研。

是的,谷歌搜索引擎有所帮助,但世界比谷歌要深刻得多。搜索引擎并不能让你看见世界上所有图书馆储存的知识，真实的书籍就在那里存在、生活、呼吸，彼此辩论，有些书甚至住在积灰的地下室里。所以去图书馆吧。查阅书目。去地图部。打开那些装满相片的盒子。没有什么比一个几乎无法回答的问题更让图书管理员喜欢了。他们是善于寻找专家的专家。

如果你想要了解和自己不同的生活，最好是大概地当面感受一下。到街上去。和人交谈。表现出你的兴趣。学会聆听。给耳朵一些时间适应。即便你谈论的是一个不同的纪元，你起码应该知道这个纪元将带领我们去往何处。所以，假如说你想了解二十世纪四十年代佛罗里达的一个拉丁美洲裔造船工人的生活，那就去佛罗里达，去造船厂，四处打听，找到一个认识某个人的人，或是找到一个记得某个人的人，如果没找到，你依旧找到了某个想象中的人物。尝试足够多的钥匙，最终就会打开一把锁。

关键是你必须找到有用的细节：越具体越好。威廉姆·盖斯[1]——这位美国作家有一句漂亮的说法，即作家是孤身和所有的可能性共处的人——曾在援引莫泊桑时建议道，除非我们能够不费吹灰之力就将一只烟灰缸塑造

[1] 威廉姆·盖斯（William Gass，1924—），美国小说家，书评家，三次获得全美书评人协会奖，并凭借小说《隧道》获得美国图书奖。

成世界上独一无二的烟灰缸,否则永远不要提到它。

艺术是将世界放到显微镜下研究其细节的一种方式。微小的意图揭示着更宏大的意图的存在。绝大多数人都活在一个狭小的世界里。颗粒越微小越神秘。问一问有人知道夸克的味道、颜色和螺旋结构吗?越神秘,就越存在美的可能。上帝在细节中栖身,魔鬼也是同样。

请记住错误地进行调研也可能是你将遭遇的挫折。有时我们会用太多直白的讯息污染我们的文字。经常留白也是好事,这样我们就可以发挥想象去填补这些空白。总是问自己,做多少调研才是正好的?不要在你的文章中塞满了事实、事实、事实。事实是唯利是图的。它们可以被操控,被粉饰,你想怎么处置都可以。文字的品质比事实要重要得多。

专注于那些能反映更广阔世界的小细节。关键是要找到只有专家才有可能知道的独特的细节。一个微小的原子将展现其余的结构。找到它、利用它,但不要倾注过多的注意力……这是调研中的魔药。要看起来像个专家,即便是在专家们眼中。

通过调查获得的对细节的关注会产生水滴石穿的作用,让你的故事魅力非凡。

> "I have been working hard on Ulysses all day," said Joyce. "Does that mean you have written a great deal?" I said. "Two sentences," said Joyce. "You've been seeking the mot juste?" "No," said Joyce, "I have the words already. What I am seeking is the perfect order of the words in the sentence."

—JAMES JOYCE WITH FRANK BUDGEN

NO RUST ON YOUR SENTENCES PLEASE

请除去你句子上的锈迹

"我一整天都在勤奋写作《尤利西斯》。"乔伊斯说。"这是否意味着你写了很多?"我问。"两句。"乔伊斯答。"你在推敲最确切的字眼吗?""不是。"乔伊斯说,"我已经找到了字词。我要推敲的是这些字词在句中最完美的顺序。"

——乔伊斯对话弗兰克·布根[1]

你应该像逐句向读者发送精心斟酌的文字一般写作。散文也要像诗歌一般处理。每个字都重要。你必须演练韵律和精确度。寻找尾韵、头韵和韵律。寻找内在的回响。让你的步法多样,近乎要翩然起舞。聆听节奏如何自我创造。永远别让它成为单调的电梯音乐。你逼迫自己多前进一步的能力将让你改头换面。

所有写作都要与限制交锋,但无论何时,任何句子都应该有起码的走向。要迎风使舵,要把握时机。但

[1] 弗兰克·布根(Frank Spencer Curtis Budgen, 1882—1971),英国画家、作家,"二战"期间与乔伊斯在苏黎世结识,成为挚友,著有《乔伊斯和〈尤利西斯〉的创作》。

有些意象会因为过度使用而失效。请别再说"热泪盈眶"。别再说"白如牛奶的大腿"。别再描述梦境。甚至连"夕阳如血"都别再说了。别再使用那些文学典故。相反,你的人物只是沿道路走着,让他四处漫游,或重重地摔在地上,或步履轻快地走,或蹒跚地走(你要时不时会意识到,有时"走着"就是最完美的用词。)

记住矫饰一个词有时会夺走它的力量。重复——如果次数足够多——会产生正确的效果。这事只要问问海明威、查特文或麦加恩[1]就行了。找到那个让你惊喜的句子,然后通过加入更多惊喜而进一步让自己感到惊艳。

以没人尝试过的方式遣词造句,这样我们就能变得独一无二。有时你可能会在一句话上耗费数周的时间,甚至是数月。这不是戏言。有时,要在连续几句精彩绝伦的句子中插入一句实在平淡无奇的话。或是在平淡无奇的话中插入一句金句。有些情况下你必须尊重故意让一句话显得无趣的做法。

无论做什么,体现出不容忽视的个人色彩。

模仿,可以,但不要抄袭。而且只为了摆脱原著的口音而模仿。只有卡佛能像卡佛那样写作。学习卡佛的风格然后再塑造一个新的卡佛。将原本看来无法改动的

---

[1] 麦加恩(John McGahern, 1934—2006),被誉为20世纪下半叶最重要的爱尔兰作家之一,著有《告别》《黑暗》《在女人中间》等作品。

句子改头换面。

然后将这些句子寄给你心爱的读者,一封接着一封地寄。

> *Put together words that nobody ever cobbled together before. This is how we achieve the unique. There are times you might spend weeks on a single sentence. Months even. No kidding.*

THE HABIT OF HOPING

不断期待的习惯

在四分五裂的世界中发现美就是在我们找寻到的世界中创造美。

——特莉·威廉姆斯

寻找到一段——在写作生涯之外——值得过的人生。保持心怀期待的习惯。允许自己享受微小的欢愉，即便要面对这世界如今的面目。事实上，要学着在你能抵达的任何地方创造出人生充满期待的证据。

> *You can still pick up the pen long after everyone thinks that you've given up. That's the beauty of it all. You're an athlete of a different type. Your mind doesn't have to retire. So, get back to it. Resurrect it. Unfail it. Rise an hour earlier in the morning and get the work done, even secretly.*

THERE ARE NO LITERARY OLYMPICS

不存在文学奥运会

如果一部小说要成功,它必须得比作者更聪明。

——米兰·昆德拉

写作不是与别人比赛。文学世界没有奥运会这回事。即便文学奖项有所暗示,但确实不存在金牌、银牌、铜牌。你很快会发现,现实中"最好"这种词到头来并不存在,但"更好"可以立足。你要做的是写得更好:就这么简单。

你的精力要完完全全不打折扣地用在自己的作品上。别人的成功或失败并不能让新句子在你笔下诞生。别人获得了好评不会夺走你获得好评的机会:这又不是资源有限的事。别人写了本好书并不意味着你就不行。别人获得了巨大进展不代表你进步的可能变小。

不要吐槽别的作家,即使你听到他们在吐槽你。让他们去。他们早上起床时会嗓子疼。而你,则不同,至少你会有机会唱出一两个高音。没必要反击。一个写得很好的句子已是反击。

如果你是为打败某人而写作,你就是在用隐形墨水写作。看着它们消失无形吧。

相反,你要做的是听取自尊的忠告,保持谦虚。目光坚定直视前方。如果别人值得赞扬就称赞他。如果不值得赞扬那尽你所能闭嘴。

这不意味着你不想变得比别的作家优秀——变得更优秀是你的工作之一。但以更好的方式变得更优秀。以迫使自己与自我竞争的方式。变得强硬而坦诚。如果你想狠狠揍别人一顿,先在自己的下巴上试试那会是什么滋味,然后就此放下。

那些尚未写出来的故事很有可能成为你人生中最具破坏力的存在。如果你不写,你就不是作家。你在逃避与自我的竞争。道理虽简单,但当稿纸一片空白时你内心还是会一阵恐慌。太多空白不是好事。空白是不散的阴魂。

不过,别老是因为过虑而吓得自己畏首畏尾。你也可能对自己太过严苛了。要知道:每个作家会写至少一本差劲的书。绝大多数会写上很多本(糟糕的作品)。但即便是差劲的书也是成绩。这不是什么世界末日。事实上这是自然规律。你第二天早上还是得起床。接下来一天也是如此。

年轻的作家,不用多久你就能凭着厚脸皮的自信认为黎明永远都会到来。你也能短暂地保持此刻的乐观。因为,无论开心与否,最终青年作家将以老年作家的身份来庆祝这令人愉快的天色变化。

> *The most destructive force in your life is liable to be the unwritten story. If you don't write, you're not a writer. You're avoiding the competition of yourself. Simple logic, but it's a kick in the chest when the page is empty. Too much white space is not a good thing. Empty is empty. And empty haunts.*

HOW OLD IS THE YOUNG WRITER

年轻作家的年纪该多大?

认为人类通晓世界如何运转的奥秘不过是可笑的臆想,是想强行对时间这个野性难驯的国度进行形而上的殖民统治而已。

——洛丽·摩尔 [1]

年轻作家的年纪该多大?十七,六十,还是四十六,谁在乎呢?最年轻的年轻作家总想在十八岁之前或者最迟二十五岁时让书出版。这是值得尊重的雄心壮志而且不会妨碍任何人,但如果你做不到,不要烦恼。三十岁可以。五十岁也不错。任何人都可以在六十四岁的年纪开始写作:只要问问弗兰克·麦考特 [2] 就知道了。九岁也是不错。永远不要忘了年轻作家无法停止时间。(只有在作品中我们才能停止时间。)他们比你年轻并不代表他们就会永生。给自己施加压力

[1] 洛丽·摩尔(Lorrie Moore, 1957—),美国作家,以短篇小说见长,著有短篇小说集《自助》《美国鸟人》,以及长篇小说《谁会开青蛙医院》和《门在楼梯口》等。

[2] 弗兰克·麦考特(Frank McCourt, 1931—2009),美国作家,出生于纽约,在爱尔兰贫民窟长大,65岁时凭借处女作《安吉拉的灰烬》获得普利策奖、全美书评奖、洛杉矶时报图书奖、美国年度好书奖,一举成为美国畅销作家。

没关系——这是你和自己竞争的领域。但因此牢骚满腹就不好了。不可以就此开始认为自己年纪太大或是你的时代已经过去。你不能放弃。没有什么比一位才华横溢的作家悔恨人生更加令人遗憾的了,尤其是当他任凭这悔恨将自己推入无声的深渊。在别人以为你已放弃很久之后,你依然可以拿起笔来。写作的美好也正在于此。你是另一种田径选手。你的头脑不需要退休。所以,重操旧业。重振旗鼓。起死回生。就算要偷偷摸摸地,也早起一小时把文章写完。

因为某个比你年轻的人出了书而烦心也没关系。去书店拿起一本来,盯着封套瞧。仔细研究作者介绍。因为羡慕而悄声骂句脏话:"见鬼,他好年轻。"然后说:"那又怎样?"回家带着重燃的激情写起来。

还有一条建议要给那些觉得太多时间已经流逝的作者:不要告诉太多人你在写书。不要让他们有机会问你写完没有。不要让他们在聚会上折磨你。几乎没有什么比这个问题更讨厌的了:"你那本书写得如何啦?"(听说别人真的完成了一本书则次之。)绝大多数人不知道写完一本书究竟要花多少时间。就说"正写着呢"——即使你并没有怎么在写。写下去。修改下去。最终它会完成的。或许比你想得要更快。

DON'T BE A DICK

别做混蛋

人生中有三件重要的事：首先要友善，其次要友善，最后要友善。

——亨利·詹姆斯

嘿，说你呢。那边犄角旮旯里的人。嘿，说你呢，笑得阴阳怪气的。别转身，我知道那笑什么意思，本人就这么笑。给我听着。对，就是你。别装出爱搭不理的样子。也不照照镜子看看自己是谁。你听见了吗？对，就是你，歪瓜裂枣。给我听着。你不如自我了断了吧。

身为作家不代表你会使用毒品或是成为知名餐厅座上宾或是服用摇头丸或是在夜店寻欢作乐或是注射药物或是在深夜灌啤酒。不是喝得烂醉，或是夜夜笙歌。或是书封上的照片，或是拥有自己的网络词条，或是成为人们说的什么社交平台红人。也不在于你穿的衬衫戴的帽子围的围巾或是白西装以及其他可笑的装腔作势自以为是。不在于公众的注意。不在于自我吹嘘。

最终没人会在乎作家的生活,除非有作品在先。作品才是关键。作品才是目标。写在纸上的东西让你的生活变得有意思。

太多年轻写作者把自己当成作家却对自己写了什么没那么在意。接受现实:必须写出来才行。所以别到处溜达幻想着自己是个作家。没有比太自恋的作者更糟糕的了。别在聚会上把人们召集到一边宣布自己在写新书。别在工作坊里喋喋不休地空谈你全新的开场白。别让别人来关注你身为艺术家的那部分生活,或是更糟糕地,把自己当成了"艺人"。如果有人当真想知道,他们会问的。什么也别说。起码等到你需要说些什么的时候。

别误会我的意思。我不是鼓吹该活得毫无瑕疵或是滴酒不沾或是谨小慎微。你不需要活得彬彬有礼。你不需要保持清醒(不过请在你写作时保持清醒;别落入圈套)。你不必刻意奉承。你不必对任何人唯命是从。你也不必听年长的作家大放厥词。其实,你该忘了这本书——走吧,走开,去写你自己的作品。看看自己要做哪些。写作者就该写作。

但首先允许我说出我知道的四字箴言:别做混蛋。在聚会中。在书店里。在稿纸上。在你的内心。别指名道姓。别侮辱你的同事。别告诉别人你有多伟大。别把酒都喝光。别抱怨没人倾听你。别忽视你的朋友。别自鸣得意。别以为自己高人一等。别鄙视你的谦逊并让它变成傲慢。别在别人不同意的时候抽烟。别往阳台外面扔餐具。别说闲话。别吐在地毯上。别冒犯主人。别居高临下。别对你的伴侣置之不理。别谈论你的合同。别谈论你的优势。别长吁短叹。别打呵欠。别挠私处。别轻率地否定。别扫视在场的人们。别撒谎。别巴结。别提你出版商的名字。别自我夸耀。别骄傲自大。别出言不逊。别,别,别,千万别做混蛋。

> *The only thing that should surround a good line is another good line. This is how you carve your voice.*

DON'T BE TOO NICE

还要再说一句,也别太友善
(反正在你的小说中如此)

> 不要让自己犯下塑造完美人物的差错……让他们像活生生的、有血有肉的、立体的人,不要让他们沦为符号。
>
> ——海明威

托尔斯泰说过,幸福的家庭都一样,但不幸的家庭各有各的不幸。所以自问:你是否把人物塑造得太美好了?他们是不是太真诚?你有无赋予他们棱角?你有无"赋予他们缺点"?是否存在真实但糟糕(以及实在糟糕)的事?我们了解他们内心的魔鬼吗?

人物必须有自己的指纹。不要害怕把他们逼入困境。他们可以刻薄、不可靠、种族歧视、孤独、迷惘、愚蠢以及糟糕透顶——就像别的人一样。毕竟,这是真实的生活。最起码也是生活的再现。

不要让你的人物鹤立鸡群。不要让他们思想单一。

确保比喻总是言之有物。

至于你自己的人生（它其实才是你的小说），也永远处处有暗礁。有无名怒火和离婚还有街头殴斗。有言不由衷、诡计多端、背信弃义、两面三刀，还得口是心非地说无止境的废话。习惯就好。这就是人生。

这或许不会成为你的故事的燃料，却是你无法否认的事。你只要写下去，从生活中提炼生活，有血有肉，人无完人。

FAIL, FAIL, FAIL

失败。失败。失败。

没关系。继续尝试。继续失败。以更好的姿态失败。
——贝克特

贝克特说得太好,值得一再重复:"没关系。继续尝试。继续失败。以更好的姿态失败。"

失败是好事。失败代表雄心壮志。失败代表有勇气。失败需要胆量,知道自己将承受失败更需要胆量。突破自己。真正的勇敢是知道邮箱里会有又一封退稿信但依旧去取。不要撕碎它。不要烧掉它。而是把它当墙纸用。保管好它并时不时读一下。明白这封退稿信将在数年后成为尘封的往事。它会发黄泛皱而你会记得它曾带给你的感受,它让你在别人都以为你将无言以对的时候拿出作品反击。失败让人振奋。你知道自己能做得更好。失败让你在清晨起床工作。失败让你热血沸腾。失败让你斗志满满。失败让你明白该写一个更宏大也更优秀的故事。

最终真正存在的失败只有一样——那就是害怕失败。敢于尝试是真正的勇敢。

鼓起勇气。失败是冲向脑门的一股硫磺味。划根火柴。深呼吸。

READ, READ, READ

阅读

想在不阅读的情况下写作就像独自驾小船出海：孤单而危险。你是否更愿意看见地平线上布满连绵的船帆？你是否更愿意向附近的帆船挥手致意，欣赏他们的技艺，在适宜的海浪中来去自如，知道你将掀起自己的浪花，也知道有足够多的大风与大海等着所有人？

——蒂亚·奥布莱特

不读书的作家数量之多令人惊讶，尤其是那些认为自己的作品才值得被阅读的年长作家。他们的阅读范围逐渐萎缩。他们坚信自己写了足够多的书现在可以两耳不闻窗外事。他们拉上窗帘。他们把自己陷在沙发里，待在书架的阴影中。他们匆匆翻上几页就觉得精疲力竭。他们只对自己写的东西感兴趣，忘了要在他人的作品中寻找广阔的世界。不过原谅他们吧，也原谅我。我们已经忘了身为年轻作家是什么感觉。

所以趁我再次遗忘之前，写下这些。一个年轻写作者必须阅读。必须阅读阅读再阅读。带着冒险精神，兼容并蓄，持之以恒。听起来简单，然而并非如此。即使这些事最简单的层面做起来也不容易。他必须阅读遇到的所有书。经典读物，书架上吸引他的旧书，老师推荐的巨著，忘在地铁座位上的畅销书，火车站折角的旧小说，度假小屋里的古董精装书。阅读，阅读，阅读。大脑是只灵敏的罐子。你的头脑能容纳如此多的东西。读的书越难越好。阅读越多样你的写作就越有弹性。

挑战自己。走出舒适地带。找到他人无法回避的问题。我们从困境中获得的巨大快乐，事实上，正是困境本身。

年轻写作者同样必须阅读他同时代作家的作品。狠狠地嫉妒地读。他必须带着敬畏和沉思在书店待几个小时。他必须迅速翻到书后的作者简介。感觉热血翻涌。妈的，这个作家是我同乡。他们怎么敢写了我想写的话？是的，就是这种狂怒，但稍纵即逝。不是为着攀比，而是带着热切期望。（毕竟，他们不是在抢你饭碗：你的工作完完全全是你的，没别人会抢走。除了你还有谁能完成你的文字木工活？当然，宜家买的椅子除外。）

年轻写作者必须去图书馆，并在积灰的旧书间徜祥。让你的手指沿书架滑过。听任你的直觉。一本书找到你的方式会令人喜出望外。语言中存在有某种自动引导装置。和爱情不同,语言中总是存在一个注定的归宿,而且随时可以找到。你必须对它敞开心胸,然后对它提出的重要建议敞开心胸。世界顿时豁然开朗。

阅读让你心潮澎湃。阅读让你眼界大开。你阅读是因为自己成为最勇敢的傻瓜,愿意在不定无解的快乐中探险。当一本书产生这样的作用时你会知道。给它一点时间。

如果一本书在让你欣喜若狂的同时让你质疑,这是好兆头,读下去,坚持再坚持。欣喜与质疑绝对一致太过理想化。质疑是诚实的反应。质疑会带来观点的改变。但也可能有你不得不放弃这疑虑的时候。生活太短暂,不该浪费在糟糕的葡萄酒上,而遇到糟糕的书时生命会更显短暂。所以做好丢弃那本书的准备,不过是要在你充分给过它机会之后。

一本好书会让你的世界天翻地覆。它也能让你的写作彻底改观。散文作者应该读诗。诗人应该读小说。编剧应该读哲学书。记者应该读短篇小说。哲学家应该读所有类型的书。事实上,我们都应该读所有类型的书。没有人能单凭一己之力成功。

我已经听到有些年轻写作者说他们没有时间阅读。这很可能是因为他们已经花了太多时间胡言乱语。年轻作家们，听着，你没时间翻开一本书这种说法是荒谬的。指责一本书太厚也是荒谬的。无法想象你不去试着读一下能找到的最艰深的作品。马尔克斯、伍尔夫、加迪斯、汉森、加斯，过去在影响着你的未来。影响来自阅读的东西。我们从这些书中找到自己的风格。我们以这样的方式发现大师然后以模仿他们的动作与口吻的方式塑造出自己的大师风范：通过峡谷抵达山谷，或是霞光——或者同时抵达山谷与霞光。

假如你并不阅读——尤其是觉得这事看来很困难——你将永远无法维系自己的写作。所以，行动起来，撕了这封信。找个角落，翻开一本书。阅读你能找到的最艰深的内容。

琼·迪迪恩曾说，我们靠讲述自己的故事活着。所以，活出尽可能多的人生。一遍一遍又一遍地活着。

READ, READ, READ

读乔伊斯,
愉悦如斯。

> *The pleasure of abiding. The pleasure of insistence, of persistence. The pleasure of obligation, the pleasure of dependency. The pleasures of ordinary devotion.*
>
> —MAGGIE NELSON

WRITING IS ENTERTAINMENT

写作是娱乐

在黑暗的年代,优秀的艺术似乎应该能找到那些置身时代的黑暗中却依旧熠熠发光的充满人性与魔力的元素,并为它们实施心肺复苏。

——大卫·福斯特·华莱士

永远不要忘了艺术是娱乐。反映现实世界是你的职责所在,没错,但带给这世界一点明快也是你的职责。

在墙上挂一句尼采的名言,他说:我们拥有艺术,所以不会被太多真相击垮。

去往那些黑暗的地方,但要带上燃烧的火炬。我们必须有足够的光亮才能阅读书页。让这光色彩纷呈。让这光乐趣横生。不要拘泥于同一个曲调。舞动起来!我们要时刻准备接纳所有的可能。对所有的快乐保持热忱。最优秀的作品能让我们手不释卷也能拨云见日,它让我们因——不管多么短暂——活着而感到快乐——尽管只是片刻。

> *Always remember that what we don't say is as important as, if not more so than, what we do.*

TAKE A BREAK

休息一下

一切都可能发生,最高的塔可以头尾倒置,身居高位者会低入尘埃。

——谢默斯·希尼

时不时地,休息一下。度个假。除笔记本之外的一切都放在脑后。试着再次爱上写作。花一星期左右的时间怀念写作。不要慌张。你猜怎么着:那张空白旧稿纸逃不到哪里去。

> *Don't let yourself slip and get any perfect characters ...*
> *keep them people, people, people,*
> *and don't let them get to be symbols.*

—ERNEST HEMINGWAY

WHO'S YOUR IDEAL READER

谁是你的理想读者?

如果我们足够幸运的话,不管你是作者还是读者,我们将在写完(读完)一个短篇故事的最后几行后,只是静静地,坐上一分钟。

——雷蒙德·卡佛

最终,你的理想读者是你自己。你是那个要在最后对书负责的人。你要做好准备去聆听自己内心深处最严厉的批评。当你写作,想象自己在二十年以后阅读同一个故事,想想它是否依旧具有价值。在你增广见闻之后再回头来看自己,你的故事在这个新的自己面前是否依旧站得住脚?它会让你觉得窘迫吗?它会不会让你脊背阵阵发凉?你会不会想:我做对了吗?你会不会想:我是否伤害了别人?

对自己严厉的同时,也要对自己温和。牢记任何蠢货都能毁掉一座房子,但只有真正的工匠才能在最初将其建造。

> *Failure is vivifying. You know you're better than it. Failure gets you up in the morning. Failure gets your blood circling. Failure dilates your nostrils. Failure tells you to write a bigger story and a better one.*

HOW TO GET AN AGENT

如何找到一位经纪人

我所知道的关于写作的少数几件事之一就是：用尽手段，射击它，玩弄它，失去它，彻底、决绝、风雨不改……为它付出，倾尽所有，毫不犹豫。

——安妮·迪拉德

如果每次被问及该如何找个经纪人我就问对方收费一块钱，我就不用找经纪人了。你需要经纪人吗？需要，需要，（绝大多数时候）需要。找个经纪人并没有那么困难，但找到合适的那个就能改变你的人生。

首先，找出一个作品让你仰慕的作家。最好是年轻作家。他已有经纪人代理，但正处于即将取得更大成功的职业生涯转折点。查明谁是他的经纪人。这很容易做到——借助搜索引擎的魔法，或是翻一下致谢的章节，或者浏览几篇他的网络采访。然后给这个经纪人写封信或电子邮件。立即行动，而且要健谈一些。告诉他们你喜欢他们的作家队伍，尤其是似乎在文学世界一飞冲天的那位。提供一点背景知识：你是谁，曾在哪里就读，你发表过些什么。询问他们是否想要读几页。如果想，就夸耀自己几句。摆出对自己的作品满怀信心的姿态。这没问题。经纪人们对此早已习惯（总是告诉他们说你正在写一部小说……就算你还没开始写。）机灵些，自信点，但言简意赅。

如果他们回信——别指望任何人会回信——请先别庆祝。给他们打电话，和他们谈谈，拜访他们，探一探他们的底细。向他们提问。关于经纪人你该知道的最重要的事情是你雇佣他们，不是他们雇佣你。有些人或许会让你觉得（尤其在你职业生涯初期）他们牢牢控制着你，但真相在于，感觉自在就是禁锢之下的自由。

好的经纪人不会发号施令，他们会让规则自己呈现。他们做出商业决定，他们解决头痛的税务问题。他们与编辑、出版人和媒体交流。他们转交邀请函。他们把想和你联系的无厘头的疯狂人物剔出去。他们帮你弄到演唱会门票。他们大肆赞扬你。是的，他们弹指间就能改变你的生活。而且，是的，他们能帮你赚到钱。但关键在于，你才是你自己的经纪人，因为这些都取决于写在纸上的字字句句。

你是你写作事业的统帅。不要为了让经纪人满意而修改你的句子,除非你知道——在心底最深处知道——这个经纪人是正确的。即便如此你也必须保证自己没有妥协。毕竟,这是你的作品。经纪人之所以做经纪人这行是因为他们希望有东西可出售,它未必是上乘佳作(尽管伟大的经纪人能同时兼顾市场与品质)。

听取经纪人的意见,但做你自己经纪公司的经纪人。这需要内心的直觉和一点风骨,以及大量的谦逊。

别忘了你要将高至百分之二十的收入支付给经纪人,所以一位好的经纪人能拿到起码超过你预期百分之二十五的价格。心甘情愿地支付这部分费用。不要过问他们的账单。不要质疑他们。不要抱怨或私下嘀咕。你的经纪人应该是为你着想的人。如果他不是,那就记得你是雇主并解雇他。有没有搞错?解雇他,我说了,解雇他。(但要等找到新的经纪人再解雇。)

记住作品是你的。你每天到矿井辛苦。你知道从水井下打捞出字句代价几何。忠于这种本能。你知道什么有真正的价值。你要的是字句激荡有声,而不只是钱袋叮当作响。

现在,去写吧。

> *A good agent doesn't lay down the law. Rather, they allow the law to unfold. They make business decisions. They ease the tax implications. They chat with editors and publishers and reporters. They forward invitations. They cull some of the loony tunes who might want to get in touch with you.*

WHAT IF I DON'T GET AN AGENT

没有经纪人怎么办？

拒绝任何感受将导致绝望。

——弗兰纳里 兰纳奥康纳[1]

但如果我没有经纪人该怎么办？不要绝望，写下去，坐进椅子里，把字写到纸上。做你热爱的事，奋斗、坚持。找出你喜欢的杂志和月刊，翻到撰稿人目录，找到编辑的名字，然后找到他或她的电子邮箱，写封信，写一封私人邮件，一封触动人心的邮件，体现出你的品性与风格，问一下他们是否愿意读你的作品，不要害怕，保持礼貌、谦卑、和善，但同时也要彰显你的成绩。在这件事上你会损失的不过几行字或几分钟时间而已。把邮件寄出，然后将它忘到脑后。接着做其他的事情，不要坐等，不要沉迷于此，不要在电话机旁流连不去，不要抓着鼠标不放。甚至不要心怀希望。写完信你就已经做完了最重要的事。

你猜怎么着？被拒绝也没什么关系，每个人都会遇

[1] 弗兰纳里·奥康纳（Mary Flannery O'Connor, 1925—1964），美国小说家、短篇小说作家和评论家。

到这样的事，我的浴室墙上贴满了退稿信。几个月后再试一次，不要因此受伤，不要变得玻璃心，要有幽默感，提醒他们说，他们曾给你寄过一封文采极佳的拒绝信。去他的不能一稿多投！将稿件像防狼喷雾一样洒向你爱的杂志，发送、发送、再发送！谁最先接受你的投稿他就得了大奖。但不要挑拨杂志间的关系，不要讨价还价，不要谈交易。

每天都去查看邮箱，并明白坏消息最终会让好消息更加美妙。最终，经纪人会来敲门，或者出版商会来敲门。（顺便说一句，他们真的会阅读最小众的杂志。）勇于冒险，独树一帜，靠陈词滥调无法成就优秀的作品。

FINDING THE RIGHT EDITOR

找到合适的编辑

没有读者我就无法写作，这与亲吻如出一辙：你无法独自完成。

——约翰·契弗

伟大的编辑是珍贵的，他或许是你的挚友，或许是你的同学，或许是写作班的同门，或许是你丈夫，或许是你的某个雇员，或许是某本杂志或某个出版社的编辑，无论是谁，合适的编辑必须是某个你信任的人，你要给他们空间，要给他们时间，要倾听他们，在他们的意见面前你必须保持谦逊。就这么简单，你得尊重他们。你并不需要每次都同意他们的观点。

这关系到你如何判断他人重塑你作品的能力，但同时他们也有犯错的资格，评估他们的意见，试一下按照他们的意见修改后的效果，再去掉他们的意见看看，大声朗诵出来，再说上一遍。即便你未必采纳，也感谢他们的修改。

如果你走运，你的书或故事卖出了版权，要记住购买版权的编辑不是被一脚踢开的垫脚石,他是你作品的雕刻师。收到他的建议的时候要心怀感激,牢记他所做的事远不只是编辑文稿而已,他为你讨价还价,他把你的书散播出去做推广,他参加市场营销会议,他看着你获得赞誉,略觉与有荣焉,但如果你得不到赞扬,他要经受很多痛苦。

编辑是知道公众视线所在却选择躲在幕后的人。向这些幕后英雄致敬。

时不时地,在他意想不到的时候送花给他。

BRINGING FRESH EYES TO YOUR STORY

以(你的)全新眼光审视你的故事

我希望在书里说,从始至终,我希望在书里说的是:我爱这个世界。

——E.B. 怀特

写作会让我们精疲力竭。有时我们再也看不清那些字句。我们和作品如此接近以至于忘记了第一次读到它是什么感觉。我们时常需要在自己和作品之间留出喘息的空间。

当你完成一个故事或一首诗后,试着把它们晾上一两个星期,这样你就能以全新的眼光打量它,暂时先写些别的东西。相信离场的效果。享受这种孤独。

当你休整完毕准备与你的作品再续前缘时,要带着喜忧参半的情绪。给它起个标题,为它写段引文,把它打印出来,装订好,夹在胳膊下,走到某个公共场合去。要深信你的作品也在你的意念之外存在。走到大街上，找一把公园的长椅，或一间咖啡馆一座图书馆，在那里你可以带着书稿坐下，假装自己是个全新的读者，之前从未见过这些稿纸。甚至在第一页看到自己的名字都会大吃一惊。从头到尾通读一遍，只在空白处草草批注或写下修改时才停下。对自己诚实：它依旧能震撼你吗？它是否塑造得宜？你可以带它回家继续加工吗？你有没有赋予它生命力？你有没有从内心更爱这部作品？

或者问问自己，是不是到了该把它扔掉的时候？

THROW IT ALL AWAY

全部丢弃

想要发现新大陆,就得做好很久看不到海岸的准备。

——安德烈·纪德

年轻的作家们,有时你不得不鼓起勇气把整块黑板擦个干干净净。

偶尔你会明白,你知晓——在内心深处知晓,作品不够好,或许你追逐着一个错误的故事,或许你已经举步维艰,或许你在等待另一个灵感到来的时刻,你依旧在坚持,但事实上你已黔驴技穷。

往往要等你投身故事很久之后才会听见真实的声音。或许要写作一年,写完数百张稿纸,甚至更多。(我的写作生涯中最觉轻松自由的日子是我扔掉十八个月手稿的那几天。)但你内心知道——它就是知道——目前为止你所写的每一个字都只是在为你此刻将要写的做准备。你终于找到了前与左右。没有后,不要回头。

于是你不得不把手稿扔掉*。

这当然很可怕。你关闭文档,埋葬稿纸。为那些文字办一个小小的守灵仪式,借酒相送。但这仪式的一部分——如同所有的守灵仪式——同样意味着庆祝。内心深处知晓是你曾做出的每一点努力带领你来到了这里。你创造了某种肌肉记忆。你曾朝着自己痴迷的方向写去,但此刻你找到了这迷恋真正的突破点。心怀感激。是你丢弃的稿纸们引领你来到这里。你的辛劳物有所值。

现在你两手空空且毫无退路。来自朋友的一点同情会有所助益,但只能抵用一两天,同时你将暗自酝酿出熊熊怒火,这是每位写作者都心知肚明的愤怒:你必须写下去,就是如此简单。

于是你重新打开一个文档,削尖铅笔,再次在新故事里安营扎寨。

---

* 好吧,这事我们说实话:你不会真的把稿纸都扔掉。把它们装箱或备份,为它们挂上标签然后存放在某个伸手可及的地方,以免你可能做出了错误的判断。某天你或许会重新回到它们身边,这里发现些金句,那儿找到些有潜力的想法。但你要在思想上将它们弃之脑后,起码是搁一小段时间,新故事才能生根发芽。

ALLOW THE READER'S INTELLIGENCE

给读者的智慧以用武之地

好的写作理应唤起读者内心的感受：不是（告诉他们）正在下雨这个事实，而是雨落在身上的感觉。

——E. L. 多克托罗

写作课的伟大铁律之一：展示，而非告知，意思是说你必须带领读者经过他们不熟悉的领域却不剥夺他的感受，那栩栩如生的每时每刻。我们阅读是为了沉浸于新鲜事物。牵引读者的血肉之躯从故事开头走到结尾。为他们指明方向，然后再次给他们带来惊喜。

因此，试着不要在你的故事或诗中，以及其他任何地方吐露太多。永远不要耳提面命。（啊，他这就是在指手画脚。）避免指明你故事的意义所在，信任你的读者，让揭示真相的过程归于他们。你只是个异国他乡的向导。友善些，但也不要太友善。

当你允许读者动用自己的聪明才智，他们将一而再再而三地回来找你。挑战。对峙。激将。开辟全新的领域，甚至迷惑他们，然后，让他们去。只透露足够多的信息让他们凭自己的能力了解这块地盘。你以这种方式永远领先读者们一两步之遥，但即便他们中最聪明的人也并不真正知晓。到最后，好的故事，都是由读者们写就的。

成功

> 我宁愿发泄为人的全部爱恋与失意,并冒着被人看成老套傻缺的风险,也不想作为"聪明人"死去。
>
> ——吉姆·哈里森[1]

如果你旗开得胜,要彻彻底底地惊讶一番。然后说服自己你将再也无法重复这成功。成功的魔力在于可望而不可及。如果你确实得以继续成功,要警惕,非常非常警惕。唯一能确定的是这样的事并不总会发生。

成功也同样拥有故事的起承转合:它终将落幕。对有些人来说这恐怖至极,但对真正成功的人来说,正因如此他们才沉醉不已。

---

[1] 吉姆·哈里森(Jim Harrison, 1937—2016),美国著名作家,著有20部小说和多部诗集,其代表作《燃情岁月》曾被改编成同名电影。

> *Success, too, has the arc of a story: it will end. To some this is a terrifying thing, but to the properly successful person, it is the only ecstasy.*

YOU'VE JUST BEGUN

如果你写完了,你只不过刚开始

要有遗憾。它们是燃料。在纸上它们燃成欲望。

——杰夫·戴尔

仅仅写完了最后一句话——记住血迹要远比泪痕清晰——并不意味着你写完了一本书。一本书或许需耗费数年时间完成,但在它写完之后仍旧需要继续收尾。请拿出耐心与坚韧。耐心,我说了。要耐心。写作占据整个创作过程约百分之七十五的部分。还需要修改。接着修改。哦,再继续修改。之后需要进行文字编辑。然后是宣传策略会议。然后是营销会议。接着再做一些修改。然后是推荐语邀约。然后有了校对稿。接着是最后的修改。这里改一点,那里修一下。接下来是等待。暂停修改。严正以待。缓过气来。你会暗自希望修改得更多一些。

接着会有几篇评论文章,你希望它们起码能刊登在《纽约时报》上。然后当这些文章刊登在只有六个人阅读的在线刊物中时，你会抱头恸哭，气得咬牙切齿。但是，嘿，你比之前多了六个读者呢，然后你继续等待。

你长夜难眠。然后是通往十八层地狱的旅程：第一批书评出来了。不要太绝望。也不要太兴高采烈。这条路你才走了一半。然后，在出版前一个月左右，最初的六本样书寄到。从盒子里拿出一本来。视若珍宝。敬它一杯。也敬自己一杯。在你公寓里手舞足蹈，撞倒书架。将它作为你拿到过的第一本初版书收好。把其他几本送给你爱的人：伴侣、母亲、一路支持你的朋友。再买起码二十本初版。是的，不管你相不相信，你得掏钱买。不会有源源不断的免费书。但你可以按半价购书。你的编辑也可能会捎一箱给你。

不要把你的初版都送人。再说一遍，不要都送人。为你自己、你的子女、你的孙辈和其他你爱的人们保存五到六本。希望将来会有更多其他的版本面市。相信我，你不会想要落到掏钱买自己的处女作初版的地步。希望这本书足够好，永远会有读者。它就这样在你的书架落座。然后你准备好接受纷至沓来的攻击。你祈祷起码会有几句攻击。

你举办第一次读书会。你进行小型的巡回签售。你会遇到几个志同道合的人。但很多时候你遭遇的是一片死寂。这是所有情况中最艰难的挑战。你在这本书上辛劳数年，却没人在乎。但这又怎样呢？优秀的写作者坚持不懈。优秀的写作者百折不挠。优秀的写作者心怀热望。你重新站立起来，再次出发。

更理想的情况是，你在第一本书出版前很久就已经开始了第二本书的写作。你点燃了新的火焰，第一本书如灰烬堆积的失望已无关紧要。如果你发觉——你也应该如此感觉——第二本书比第一本更难写，那么你就成为了一直以来都想成为的作家。

> *Good writers have stamina.*
> *Good writers have per severance.*
> *Good writers have desire.*
> *You get back up and you begin again.*

推荐语
（或曰文字春宫的艺术）

感谢惠赐书稿，开卷定将得益。

——本杰明·迪斯雷利

新书推荐语是出过书的作者们的噩梦。无论他给不给别的作家写推荐都不讨巧。如果他不写，他就是混蛋。如果他写了，他还是混蛋——除非是为你写，那他就是位天使、天赐良人、大圣人。

但你一开始要如何获得推荐语呢？你哀求，你恳请，你劝诱。你要求编辑铤而走险。让他去联系他的作家资源。他或许会找到某个喜欢你文风的人，某个能与你结盟的人。他或许还知道推荐语达人的电话：身边确实有几个像我们这样的人存在，有些则已略觉厌倦。（我也正有此意啊，施特恩加特先生[1]！哎呀呀！这些感叹号啊！这大红灯笼高高挂的推荐语世界啊！）也

---

[1] 施特恩加特先生：指美国小说家加里·施特恩加特（Gary Shteyngart, 1972— ），原籍前苏联，小说幽默讽刺。著有《俄罗斯初次社交指导手册》《荒谬斯坦》和《超级悲惨的真实爱情故事》等小说。

问一下你的经纪人,他也有一些人的电话。但你猜怎么着?不会有什么结果。请原谅我不加掩饰的冷嘲热讽。但很多时候你得自己干跑腿的活。去找你认识并仰慕的作家们。给他们写份私人信件,要诚恳而真挚,当然,同时也要别出心裁。写一封噼啪作响的信。每句话都要闪着电火花。写一封他们无法忽略的信。(尽管他们极有可能会对它视而不见——事实上,永永远远、永永远远都别指望会收到回复:有些过于好说话的作家一星期会收到二十个甚至更多邀约,不是玩笑,问问加里,他会收到二十一个邀约,有时是二十二个,他的邮递员恨他。)别忘了任何人好好读完一部小说都起码需要两到三天的时间。想要完成任务的话得付出很多时间和精力。

如果你收到回复,开心地做个后空翻吧!如果他们读了你的作品,空翻三周。如果他们真的写了推荐语,订张起码是前往最近那颗卫星的机票。但如果他们不肯推荐,不要担心。也不要记仇。一半时间他们根本不拆邮件,在这件事上我也要自我检讨。其余时间他们忙着为自己张罗推荐语:这是个互相抬轿的世界*。

很多优秀的作家不再找人写推荐语,完全是因为他们没时间给别人写。所以如果没能请到你仰慕的作家,不要去投河。还有别的办法可以渡过难关。如果你参加过创意写作班，回去找旧时恩师，吹捧到他们点头为止。（plámás——一个很棒的爱尔兰词语，意思是为了让别人顺你意思办事而恭维对方。）如果你参加过写作班，就近找一个，然后问一下班上的写作者们。或是找你的写作小组中已经出版过小说的作者。几句建议：要尽可能周到，如有必要，甚至提供以"他们"的口吻写成的理想推荐语模版，他们可以修改。真相总是残酷，即便如此，有些作家对自己推荐的书也只读很小部分。

推荐语纯粹是空泛的漂亮话。它是某种文字的春宫。绝大多数读者知道自己在被花言巧语诱骗。

真相在于，推荐语并不是给读者看的。它是出版商们的内部角力。它们是写给出版公司的销售人员看的。还有那些销售预印本的书店。它们是出于推销的目的。它能让你的书摆到你最爱的书店的书架上。它是一句并不低声的细语，将吹进预约的书评家们的耳朵。

- 科伦·麦凯恩这章关于推荐语的文字处处可见微光闪闪的心碎之语，唯有怒火熊熊的洞察力与举世无双的分号可与之媲美。它是一份至关重要的指南，不仅说了我们该如何写推荐语，还指出了我们为何要写推荐语。这是所有写作者都该关注的篇章。自乔伊斯以来，还尚未有任何一个爱尔兰人以如此的热忱和如此典型的《尤利西斯》风格论述过推荐语写作。"推荐语大奖"评选委员会，放下你们手中其他的文字吧！冠军已经诞生！——加里·施特恩加特，《书评斯坦》作者所以，是的，这有点像骗人的小把戏。但当好的推荐语，那些真正慷慨、能捕捉到你作品精髓的推荐语出现时，它不再只是推荐语，它是一声高呼，一串琴音，一阵鼓点，是冲破文学屋脊的忘乎所以的叫嚷：你写出了令他人感同身受的文字。要珍惜这段推荐。享受这种感觉。

不久你也要写这种推荐了。

A SECRET HEARING

秘密审讯

不必匆忙,无需闪光。不必成为他者,但做自己。

——维吉尼亚·伍尔夫

经常,置身一部小说或一个故事的迷雾之中,你会惊讶地意识到自己对要去往何处没有多少头绪,或者毫无头绪。你在语言的烟雾和隐约不明的感觉之上操劳,你的辛苦最后才具备质感与深度。这是一次未经多少训练也无什么装备的深海潜水,但突然之间,下潜几尺后,你会撞见一个词或一个场景,你猛然意识到这就是你想要走的路。你不知道前因后果。不知会在哪里遇见。甚至不知道这一切如何发生的。这是一场令人惊愕的审判,一次秘密的听证。你对自己的词不达意发起一场大胆突袭。这感觉自有其能量。你必须追随。起码该试着看看这语句将带你前往何方,否则你就是傻瓜。

这就像在深海解一道复杂的难题:我为何能来到如此深度?答案会在某个时刻变得如此简单和显而易见,

你不明白自己之前怎么没想出来：那时，就像阿基米德一样，你留意到浴缸里的水突然上涨。你知道自己发现了什么，那是你数年来孜孜以求的东西。

答案的简单令人如此震惊仅仅是因为它在开初显得那么复杂难解。现在有了解答。真相浮出水面。词不达意的场面不知怎么已荡然无存。之所以会这样是因为写作在于努力触及根本的真相，所有人都知道它存在，但无人知晓它的确切方位。

追随它。

WHERE SHOULD I WRITE

我该在哪里写作？

盖你自己的小屋，只要你乐意就随时在门廊上往外尿。

——爱德华·艾贝[1]

作家到处都可以写作，船上，火车上，图书馆里，地铁上，咖啡馆内，在作家的隐居地，冰箱顶上，豪华的办公室里，监狱牢房内，中空的树洞里，有好多废话谈论作家在他们的阁楼上写作（有时我在壁橱里写，为着能大喊大叫），他们戴着眼罩把世界阻挡在外。但在哪里写并不真正重要，只要你觉得舒适就好。

不过人么还是能从书里看出它是在怎样的房间里写成的。所以，把房间收拾得舒服些，私密一点，确保你属于那里，那个空间属于你。哪些东西会有帮助呢？一把好椅子当然有用，花大价钱买椅子。一个合适的姿势。时不时可以舒展的空间。几张照片。或许是你想象中的某个人物，或是他徜徉的风景，或把一句最爱的名

[1] 爱德华·艾贝（Edward Abbey, 1927—1989），美国作家，作品关注环境与土地。

言——"不论如何"——钉在墙上。铅笔,可以。钢笔,好的。打字机,可以。电脑,好的。录音机,可以,如果这是你的工作方式。或许上面提到的所有东西都可以有,你怎么写无关紧要,关键是你写了什么。但如果你有台电脑,确保切断网络连接。最佳情况是没有任何网络。尽量不要抽烟。在一天工作结束时再喝酒。把你最爱的一本诗集放在手边。在笔记本里或者墙上写下给自己的建议。尽量不要在工作的地方吃东西,碎屑会招来房间里的其他住客。

避免在床上写作,如果可能,甚至不要在卧室写作,为什么要在同一个房间做完所有的梦?享受他人的慷慨,如果有人为你提供一座小木屋,接受它。坐在海边或是湖边写。并不一定需要窗户,但有时会有所助益。出去四下走走,散个步。允许自己迷路,沿着小径走向远方。

如果你觉得会有帮助,可以参加写作营,(一个多么奇怪的字:营。听着就像是某个冰块发出脆响的地方,或是有各种鸟类或蚁群的造访。)带着目的前往那里。对其他作家要慷慨大方,但当你写作时要躲开他们。你的书是唯一重要的书。把门关上。把手机关掉。这是你该自私的时候。让别人支付账单。暂时让别人关心狗的事。逃离。脱掉衣服。在房间起舞。播放音乐。如果你有最爱的写作用专辑——买张科尔姆·蒙哥马利的《现在的天气》[2]——设置为自动重复播放，这样音乐就能渗入背景成为你语言的一部分。让房间保持在略冷的温度：这会让你一直清醒。

> 2 《现在的天气》(*And Now the Weather*) 为爱尔兰音乐人科尔姆·蒙哥马利（Colm Mac Con Iomaire）2015年推出的一首民谣风格的专辑。

当你完成一本书或一个故事的时候，稍微改变一下书桌的位置，摆放新的照片，在墙上钉新的画，移动整个世界，抖去你身上的尘土。

这样就有了：一间可以看到不同风景的房间。

> *Three things in human life are important:
> the first is to be kind; the second is to be kind;
> and the third is to be kind.*

—HENRY JAMES

TO MFA OR NOT TO MFA

要不要去上创意写作硕士班?

生活在一个安全无虞的世界里是危险的。

——泰如·科尔[1]

创意写作硕士班的真相又是如何?真相是没人可以教你如何写作,一个课程或许让你能够写作,但不会教你写作,但无论如何让你"能够"写作已是教你写作的最佳方式。

所以,如果觉得可行就去参加创意写作班,但别指望某个作家会为你解决所有的问题。去那里是给自己找麻烦,去那里是为着找一个可以安心失败的地方。去那里找到一个读者群体,去那里为着找到一个机会,你可以和一群与你学习完全相同技艺的人们同呼吸。写作班里学到的一个词很可能会让你的写作周期减少六个月。要耐心,这是一个学手艺的过程。一开始很可能让你感到非常挫败。事实上,写作课可能会是一个作家甚至一个教师人生中最觉屈辱的经历。在写作课(或者说大屠

---

[1] 泰如·科尔(Teju Cole, 1975—),尼日利亚裔美国新锐作家,摄影师与艺术史专家,著有《开放的城市》《岁月神偷》《已知的奇怪事物》等。

杀）的结尾，你或许会比以往任何时候都更加困惑。没关系，这感觉最终也会过去。给它一点时间。一节课经常要到几年以后才会被真正听懂。

几句建议：不要在毕业后直接走出校园，给自己一到两年时间去过自己想要的生活。活得高调，活得铤而走险，这样你就会有些可以写的东西，你可以在空白稿纸回瞪你的时候，灭掉它。

年轻作家们，请听我说：不要参加那些华而不实的写作课程，那些收费五万美金一年的写作课程（是的，五万美金！），就为了把你安顿在狭小的教室里，雇个二流导师，这些课程很多时候都是为那些被淘汰的诗人和小说家提供的最后度假地。（不过话又说回来，正因为如此，他们或许是很好的老师，因为他们有过前车之鉴，可能知道该如何引导你。）但无论你做什么，不要只是为了让你那位格特鲁德姑奶奶、来自常青藤的皇后刮目相看而去加入一个什么教授写作的硕士项目，要去那些真正以文字说话的地方。

谨慎研究这门课程，找到适合的地方，适合你的环境，合适的同学，密切关注谁会成为你的老师。对他们作出的承诺也保持警觉。要对你的作品有承担，但别忘了，写作课程的一部分就是和起码十二个其他年轻作家一起写作，你必须在自私的同时也做到无私。

归根到底，你是那个需要学习的人。事实上，除了你自己这所学校外，没有别的学校。（除了一家学校外，我当时申请的硕士课程全都拒绝了我。最后我只能靠自己写。然而我无意将这些拒绝当作荣誉的徽章佩戴——我知道，如果去参加写作课程的话，我将更快学会很多东西。）不过，你不需要为了学会写作去参加写作课程。这话我是不是已经说过了？作家们写作。他们一屁股坐下来，然后……他们写。

所以，要敬重树林中的小屋，如果那是你最终的归宿。敬重在狗窝一样的公寓里长年累月的静默和坐立不安。敬重友谊。敬重贫穷。敬重遗产。敬重你走的无论哪一条路。到最后，除了真真切切写在纸上的字之外，别的毫不重要：谁在乎它们是不是来自创意写作硕士课程呢？找到一个通晓这些事情的人，可以是同事，朋友，甚至可能是敌人。为自己找一位老师，然后随他们去。最好的老师知道，他什么都不能教授给你。

那还能做些什么呢？由其他在你之前曾经失败过的人带领你——他们失败得无怨无悔。对他们的挫败要心怀感激。绝大多数时候，他们自己无法做到，但或许就能帮助你成功。

> *So if you are compared to another writer, bow your head, blush, be thankful, and move on. And, please, if you did unconsciously make a mistake, and echoed a line, acknowledge it. No excuses. No stammering. It's a big language but every now and then it's going to repeat itself.*

SHOULD I READ WHILE I'M WRITING

我在写作时应该阅读吗?

> 阅读伟大的作品,但也要阅读不那么伟大的作品。伟大的作品很让人泄气。如果你光读贝克特和契诃夫,你会掉头就走,选择去西联公司送电报就好。
>
> ——爱德华·阿尔比 [1]

很难讲,在写作的同时你是不是应该阅读。但我会说:一部小说开头的时候,你应该尽可能广泛而贪婪地阅读,写作可能去往任何方向,阅读的任何书都可能给你灵感。你正准备去往他处,在这个阶段阅读只会帮助你动身。

在写作的中途,你的阅读应该更有方向性,更集中,更紧随细致的研究脉络,你正处于非常时期,你在不断前行。散文写作者应该试着读一些诗歌,而诗人应让自己沉浸于散文的世界。

一部小说临近结尾的时候,应该考虑调转书架,扔

---

[1] 爱德华·阿尔比(Edward Albee, 1928—2016),美国著名剧作家,著有《动物园故事》《沙盒》《谁害怕维吉尼亚·伍尔芙》等,曾三度获得普利策戏剧奖、两度获得托尼奖最佳剧本。

掉阅览室的钥匙，逃离这个牢笼。到这个阶段，你自己负责全部航行、所有举动，你是唯一的羽翼。你的故事只有一个目的——那就是找到着陆的地点。

这时候，你不需要其他作家在你耳旁低语，你将在自己安静的头脑中凭直觉找到这块降落地，渐渐不再需要通过阅读他人获得灵感。这不是说你不能在其他地方获得灵感，但要确保与这个地方保持得当的距离。在这样的关头，读一些和你依从的戒律条规不同的东西。

但如果，尽管说了这么多做了这么多，你还是发现似乎有人写了和你故事一样的故事，或者这故事早已签字画押出版过，怎么办？只要你确定自己没有故意抄袭，那就不要担心。真的。没有两个故事是相同的。没有，从来没有。事实上，唯一知道这种可能的重复的人就是你自己。

故事不是关于情节，而是关于语言、韵律、乐感和风格。如果你相信自己的故事，那就好好写。它会找到自己的读者。好的作品会有持久的耐力。不要犯下苍白地模仿别人的错误。在誊录笔记的时候要当心，确保它们是你自己写的话。但我们也别忘了，我们的声音也来自他处。没有什么从来就是真正独一无二的。如果你被拿来与其他作家比较，低头，脸红，心怀谢意，然后继续前行。还有,如果你真的在无意中犯了错误,模仿了某句话,拜托,要承认。没有借口,不要搪塞。语言的世界广大,但时不时会自我重复。

能与一个好句子为邻的只能是另一个好句子。这就是你塑造自己声音的方式。

> *Writing fiction can hurt people. In fact, it can shatter them. It doesn't matter so much if it hurts just you alone, but if it begins to hurt others, especially those near and dear to you, you should smash that mirror you're staring into.*

SMASH THAT MIRROR

砸碎镜子

我写过或讲述的真实事件都不如我的小说真实。

——纳丁·戈迪默

  写小说会伤人。事实上,会把人伤得体无完肤。如果只是伤到你自己无所谓,但如果开始伤及他人,尤其是与你亲近的人,应该砸碎你正凝视的那面镜子。

  停止写你自己的事,不要直接从你朋友的生活中盗取素材,不要描写你父亲的悲伤,不要让你女朋友的身体成为文学地图。不要利用你男朋友的官能障碍,只为多写些血迹斑斑的段落。不要从我们称为真实生活的场景中截取事件然后转移到纸上。即使是在文学的世界,在你眼前把自己的朋友或家人剥得一丝不挂也不是什么英雄事迹。

  你是在写小说,走出你的内心世界,走入更广阔的世界。发明更多神经症,发明更多的描绘手法,发明更多的悲伤。塑造一个新的父亲形象,你的父亲可以植入其中。更改名字。更改面容。更改时间。更改天气。这将是种解脱。你父亲的形象将立体而生动地显现,但又无从辨认,享受拥有一具全新的身体的自由。事实上这个人物或许更有深度。你自己的生活也将如此。

当然也有无法忽略的例外。或许你是个记者。或许你是一位社会历史学家。或许你是卡尔·奥韦·克瑙斯加德[1]。或许你是那位认定自己的人生就是用来被书写的诗人。或许你觉得你本身要比真实的言行更重要。但如果你有能力在自己的家庭之外塑造一个全新的家庭,不断挖掘自己的家庭又有什么意义呢?

也别指望——即便在小说中——仅仅因为发生过,写下来的事情就会显得真实。这里没有托辞。它们必须发生在纸上。带着韵律。带着风格。带着能让人真正感受到的极度真挚,而不是知晓事实而已。

所有写作都是想象。它从灰烬中塑造故事。即便人们决定称其为非虚构。

最终想象是塑造记忆的一种方式。善用它。我们在这里探讨的是自由要担负的责任。这不是关于回避。这事关你内心知晓的更深刻的真实,但你或许还未意识到它的存在。

---

[1] 卡尔·奥韦·克瑙斯加德 (Karl Ove Knausgaard, 1968—),挪威作家,著有自传体小说《我的奋斗》,被称为"文学自杀"之作。

相信我，当你停止直接写你自己，你会如释重负。你知道的一切将消散在你想象出来的一切中。有的放矢的创作会让你的人物们真实得多。

假如你绕过了自己，你只完成了一件事：完成了一个巨大的悖论：你其实写了自己。你自己是你唯一能够，或者说应该，伤害的人。

接下来，你可以从这里出发，再次创造。

" *So, don't shirk your responsibility to find some sort of meaning, no matter how dark. All good books are about death in one form or another. Celebrate it. Find where it intersects with life.* "

THE DARK DOGS OF THE MIND

脑海里的黑犬

> 我还尚未发现哪种药物能比坐在书桌前写作更让人飘飘欲仙。
>
> ——亨特·汤普森 [1]

年轻写作者,抑郁是职业风险。但不要沉溺其中。不要在绝望中石化。不要陷在愁绪的胶冻里动弹不得。如果你长时间凝视深渊,深渊会从你内心向外凝视。未经审视的人生不值得过,但过度审视的人生也可能毁灭你的灵魂。

所以,无论多么黑暗,不要逃避去寻找某种意义。所有的好书都以不同的方式与死亡相关。为之庆祝。寻找它与生活的交集。

让想象力重新赋予你活力。通过写作远离愁云惨雾。写作,于是世界不再朝着你围拢崩塌。写作,于是你最终将向新的方向突围。

[1] 亨特·汤普森(Hunter S. Thompson, 1937—2005),美国作家,记者,"刚左"新闻主义开创者,将虚构文学写作的技巧运用于非虚构新闻报道写作,代表作有《拉斯维加斯的恐惧和憎恶:一次深入美国梦中心的野性之旅》。汤普森被《纽约时报》称为博客精神教父,后选择以开枪自杀的方式结束了自己的生命。

这一切不是在绝对抗拒甚至否认抑郁的存在。当然，抑郁会发生，但不要彻底屈从于它。把你的人物从禁锢他们的现实的坚冰下挖出来。最重要的是，你是在把自己挖出来。

WRITE YOURSELF A CREDO

为自己写张信条

没有任何一种痛苦能与心怀一个尚未被讲述的故事相提并论。

——佐拉·尼尔·赫斯顿 [1]

坐下来——现在！——马上！——写下你的信条。你深信什么？你将怎样对待你的写作？你想要对谁诉说？你和语言之间是什么关系？如果可能，你想要看到世界如何改变？继续了解那些你想要了解的东西，试着在你职业的不同阶段这么做。或许每一年都写张信条，起码每隔五年。把它们保存在一起，看着自己茁壮成长——也可能并没有。如果没有，为什么呢？为什么没有呢？这就是信条本身的意义。

[1] 佐拉·尼尔·赫斯顿（Zora Neale Hurston, 1891—1960），美国作家、黑人民间故事收集研究专家、人类学家，著有《他们眼望上帝》，她的作品对20世纪的非裔写作者们有很深远的影响。

- 信条 2017 在历史的特定节点上唯有诗意可以应对残酷现实，你到了这两个大敌对势力——现实与虚构——的交汇点，作出决定该如何继续。你站在两个地壳板块的边界。接下来你必须做的是，让事件发展起来。让人物行动起来。使单一不复存在。让声音环环相扣，化成语言。与深渊搏斗。（C. 麦凯恩）

" *When I split an infinitive,*
God damn it, I split it so it will stay split. "

—— RAYMOND CHANDLER

(in a letter to his editor)

THE BUS THEORY

公交车理论

你必须像世界的命运悬于你的文字那样去写作。
——亚历山大·黑蒙[1]

或许"公交车理论"是搞清楚你从事的工作到底有多重要的最佳方式。你在早上醒来,来到工作的地方,集中精力,挖掘,创造。一天工作结束的时候——这时间可能是一小时,一上午,或一生那么长久的一天——你从工作中脱身走回现实,街道上车水马龙,世界一如往常。你依旧随身携带着无声的字句。略有些心不在焉,你跨出路边,突然,空气中一阵呼啸,刺耳的喇叭声,扑面而来的柴油味,惊叫声,公交车差几英寸就要撞上你了,甚至更险,是和你擦身而过。从你眼前闪过却不是你的一生,而是你的小说,你的诗歌,你的故事。你走回街上,缓过气来,你知道,就像所有人一样,你不想被公交车撞到,但如果你会被撞

[1] 亚历山大·黑蒙(Aleksandar Hemon 1964—),出生于波黑萨拉热窝,后移民美国,以短篇小说著称,作品多刊登于《纽约客》、《巴黎评论》。出版有《计划》,曾担任《最佳欧洲小说》文集的编辑。

飞——如果世事注定如此安排——那这辆公交车起码得等到你把书写完。主啊,如果我必须得走,请赐予我写完最后一句话的尊严。

公交车理论——或许也可以被称为"目的理论"——会在早上助你起床,它证明你的挣扎有价值,你的工作有意义。故事必须被讲述。

死亡还不是备选项,起码此刻不行。

WHY TELL STORIES

为什么要讲故事

讲故事可以逃离自身的牢笼,通往终极的探险之旅——以他人的视角观看人生。

——托拜厄斯·伍尔夫

我们为什么要讲故事?我们为什么会从内心深处渴求讲述一个又一个亦真亦幻的故事?我们为什么要隔着桌子、壁炉、纵横交错的互联网探过身子,轻声道一句"听我说"?我们这样做是因为,我们厌倦了现实,我们需要创造尚未存在的事物。

故事和诗歌创造着即将到来的事物。想象力挥洒出的语句是对新鲜事物的有力拥抱。文学提供可能并从中塑造出真相。通过讲述故事,我们获得最意味深长的证据,证明我们活着。

Fiction(小说)[1]这个词真正的意思是塑造或铸造。它来自拉丁语 fictio,这个拉丁语的动词形式是 fingere,有趣的是,它的过去分词形式是

[1] Fiction,意为小说或虚构。

fictus。它并不（必然地）意味着要撒谎，或是捏造。它并不意味着丝毫没有真实的部分存在。它的意义在于从已有的事物中取材并赋予其新的样貌。

　　文学可以是一次短暂停驻，或一个对抗绝望的立足点。这就够了吗？当然不够，但这已是我们全部所得。

EMBRACE THE CRITICS

接纳批评

对历史我们唯一的义务就是重写它。

——奥斯卡·王尔德

敞开怀抱接纳批评家,尤其是那个伤你最深的白痴。别烦恼,别抨击对方,别背后谈论他。在酒吧或咖啡馆走到他面前,询问是否可以请他喝杯饮料。看着他啜饮。你也小酌几口。感谢他的书评,为他的惊讶计时,暂停片刻然后告诉他——带着一本正经的表情——那是你长久以来读过的最糟糕的书评。说时不要有怒气,不要借题发挥,始终凝视他,看他是否有幽默感,如果他理解你,明白过来并大笑,他或许就是你所需要的批评家。重读他的书评。或许他能告诉你一些重要的事。

时不时地有人将你的作品翻个底朝天是再好不过的事情。但根本原则仍是不要相信书评,不论好坏,尤其不要相信那些好的。因为如果你相信了那些好话,按自然规律,你就必须相信那些坏话。

尽量不要成为书评家,有些作者勇敢地做起这个工作,但一路上你注定会伤害某个人。让书评家去做书评的事。

最后要说的是条不错的建议:"如果能控制自己,就不要沾惹任何狗屎"。因为问题在于大多数狗屎可能正是你自己创造的。所以,要谦卑。要心胸宽广地做自己的批评家。我们不得不经常向自己走去,然后请自己喝一杯那种装在难看马克杯里的饮料。

BE EXHAUSTED WHEN YOU FINISH

在结束时精疲力竭

当一个读者爱上一本书,书会将它的精髓留在他内心,就像耕地里的放射物残余。此后,某些庄稼将再也无法生长,而其他更奇怪、更神奇的东西或许会破土而出。

——萨曼·拉什迪

当你写完你的故事,会精疲力竭。你会感觉像是将自己开膛破肚,再没有什么可以给予。你会怀疑自己。你深信自己是个假冒的内行。你知道自己能写出任何好东西全是出于偶然。你确信再也无法做到。你不知道自己如何抵达此处,也不知道能否再次达成。事实上,你坚信自己做不到。

这样的精疲力竭是最伟大的庆祝时刻:这一刻你明白自己即将完工。

> *Try, if possible, to finish in the concrete, with an action, a movement, to carry the reader forward. Never forget that a story begins long before you start it and ends long after you end it. Allow your reader to walk out from your last line and into her own imagination. Find some last-line grace. This is the true gift of writing.*

YOUR LAST LINE

书的最后一行

如果身边的世界没有偶尔让我们困惑、惊讶、挫败，陷入无法言语、目瞪口呆的状态，或许我们关注得还不够仔细。

——本·马库斯

果戈里说，每个故事的最后一句都应该这样写："从此一切都将改变"。生活中未曾有任何事只在一处开始，也不曾有任何事会真正结束。但至少故事要假装有个结局。

收尾时不要太整洁。不要太用力。故事经常可以在前几个段落收尾，所以找出需要删改的地方。打印几张不同版本的结尾，坐下来和它们相处。再去公园的长椅上坐坐。看看在沉默中会有什么发现。反复阅读每一种结尾。挑选出你最觉真实并略觉神秘的版本。不要画蛇添足谈论故事的意义。不要在最后说教。不要赞美救世主。要对你的读者有信心，他们已陪你走过长路。他们知道自己去过哪里。他们知道有几许收获。他们已经知晓生活的黑暗。没必要在最后的一线光亮中让这一切都涌入。

你想要读者记得。你想要他被改变。或者更好的是,你希望他想要改变。

如果可以,试着以确切的方式结尾,以一个举动、一个动作带领读者前行。永远别忘了,故事远在你动笔前就已开始,在你收尾后很久才会结束。让你的读者从故事的最后一句话中出发走进他自己的想象。让结束语包含些许恩慈。这是写作真正能给的礼物。它不再是你的故事。它有了别的归属。它是你创造的一个空间,颠覆了读者对世界的认知。融合各种世界,所有文字。

你的结尾是他人的开篇。

LETTER TO A YOUNG WRITER, REDUX

再致年轻作家

> 这就是写作的神秘之处:它来自苦痛煎熬,来自争分夺秒,彼时心被剖开。
>
> ——埃德娜·奥布赖恩

年轻作家,使命感带给我们的激情是否已被剥夺?这个时代的危机时常表现在我们的生活令人愕然地屈从于时代的种种怪相,屈从于政客、官僚、对冲基金经理以及其他道貌岸然者制定的规则。我们被收买,因为我们被当今的麻醉剂首选——安逸——收买。同时,社会扭曲的暴行正在我们脚边蔓延。政党们谈论筑起高墙。大学投资石油生意。焚尸的柴堆燃烧时大企业在庆功。现实存在这么多问题的症结在于,它在一个扁平的表层,一个平面运行,它并不落实到我们层次分明的生活之中。所以,从躺椅里起身。写到纸上。如果一切只是鼓舞人心的演说那就毫无用处。你的文字不是安慰奖。证明你的愤怒有根有据。在你自身不计后果的想象力中获得快乐。现今太多写作似乎陷入了道德权威失落的困境，不仅在读者的认知中如此，在写作者自身的认知甚至语境中同样如此。写作不再是民族思想的组成部分。人们不再像几十年前那样倚重作家。没人忌惮我们要说的话。这是为什么？我们因贪求安稳而任凭我们的言论贬值。我们的道德指南针失去了准心。我们向中立的倾向投降。我们活在越来越按部就班的文化中——我们为自己GPS定位了死亡的方向。我们忘记了如何真正地迷失。这不是某种浅薄的惺惺作态，你的对策也不应该如此。所以，接受挑战。永远不要忘记写作是向强权清晰表达自我的自由。它是非暴力战斗与文明抵抗的一种方式。你必须从社会人群中站出来，无视威逼、恐吓、暴行和胁迫。强权想要以偏概全的地方，你要做到鞭辟入里。强权想要道德说教的时候，你要抨击批判。当强权恫吓威逼，举双手欢迎。优秀写作的神奇之处在于，它无需遭遇真正的暴力就能掌握伤口的脉息。写作承认苦痛的幻觉，督促我们成长并认清各自要对抗的恶魔。我们与剧烈的苦痛牵扯缠斗，但最终，我们能够痊愈。我们会带着伤疤，但它们也不过是伤疤而已。我们必须明白语言就是权力，无论权力多么频繁地剥夺着我们说话的自由。想要了解你的敌人吗？读他们的书。看他们的剧。检视他们的诗。试着进入他们的内心。你了解的不公不义要强过不了解的那些。想要改变的冲动来自与世界多样而复杂的灰暗面正面相逢。要了解你以写作对抗的敌人。起身应敌。要明白做英雄意味着什么,你或许只能成为小丑。哈,可怜的尤里克,可怜的臣民,可怜的法斯塔夫,英雄的角色时常显得荒诞不经,但他们中最优秀的那些依旧心甘情愿地演下去。抵抗战争。抵抗贪婪。抵抗藩篱。抵抗简单粗暴。抵抗浅薄的傲慢。小丑会吐露真相,即便是在——或者尤其是在——真相不受欢迎的时候。不要觉得丢脸。不要放弃。不要因怯懦而沉默。做到木秀于林。要成为更危险的人物。让人惧怕你的感染力。让那些被别人贬低的事物重拾光彩。不要让使命感的热忱遭到奚落。为那些被淹没的人们更大声地诉说。别让心怀嫉妒的小人渲染你的无能。冷嘲热讽者也有其价值。是的,甚至要赞美他。他很有用。他是你依旧能劝导的人。不要转身逃避冲突。你必须谈论肮脏、贫穷、不公与日常生活里的上千种苦痛。你必须谈及生活,无论它多么苦涩多么撕心裂肺。我们的写作是活生生的自画像。好的句子能震撼、能引诱,能把我们从麻木中拽出来。这就是钻石之于玻璃的差别。劈荆斩棘前行。赋予人们眼中的事物新的形象。想象感知的无穷可能。反抗暴行。打破沉寂。做好以身涉险的准备。找到光亮。准备遭受嘲笑。坦然接受困境。勤奋工作。面对现实,你不会在吃早餐前写出传世巨著。你要唱的这首歌需要代价。做好支付的准备。写,年轻的作家,写吧。去赢取你的美好未来。找到你的语言。为写作带给我们的纯粹的快乐而写,同时也要明白,这或许只能让我们的世界略有变化而已。毕竟,这是一个美丽、奇特而沸乱的世界。文学提醒我们生活还不是白纸黑字。依旧有无穷尽的可能。它们来自你与绝望的对抗中一线微茫的美丽。你选择更宽广的视野,你就将看见更多。到最后,唯一值得做的事或许正是那些让你心碎的事。奋勇前行。

此致,

科伦·麦凯恩